入間人間
插畫／のん
安達與島村
5
Kadokawa Fantastic Novels

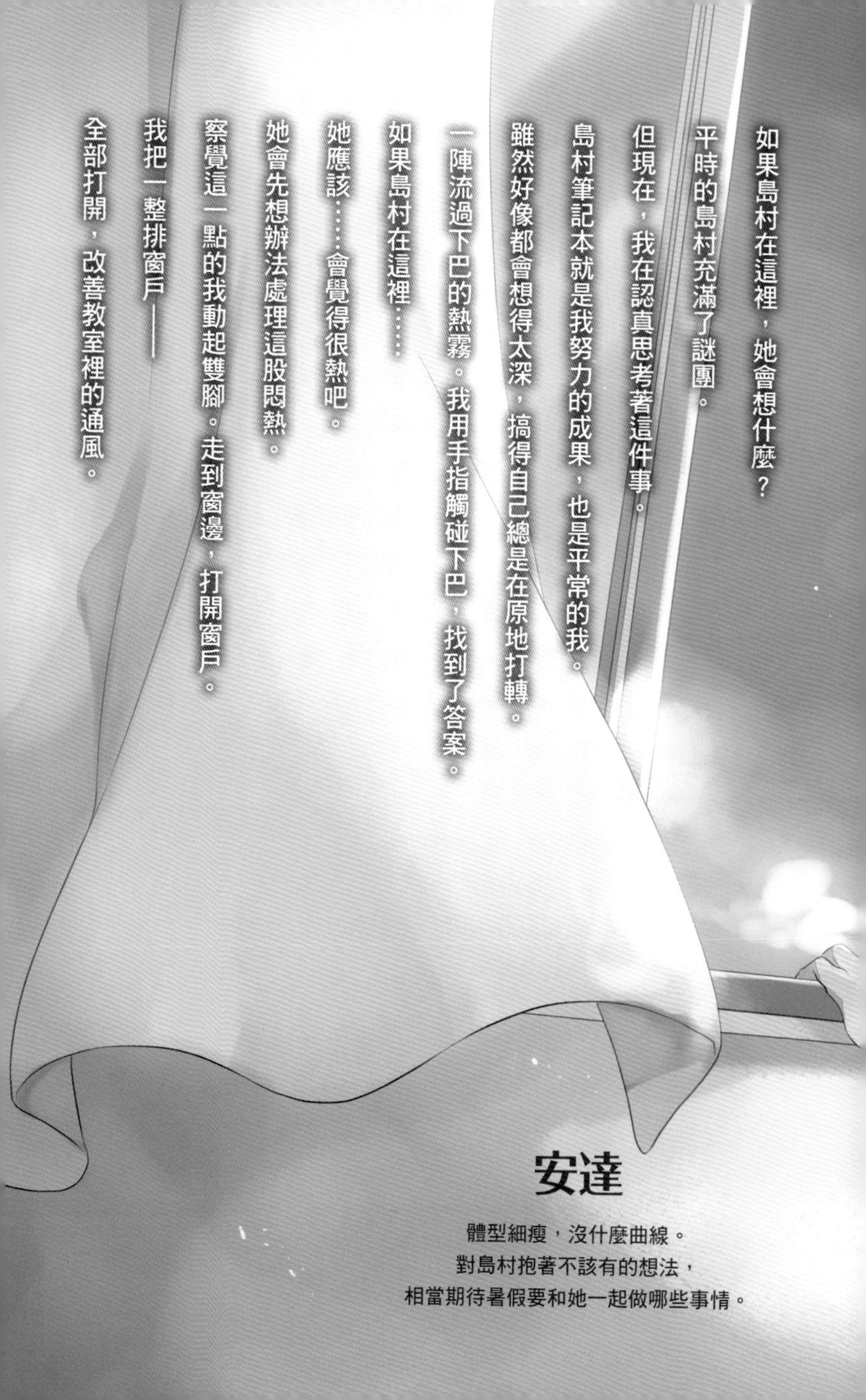
如果島村在這裡，她會想什麼？
平時的島村充滿了謎團。
但現在，我在認真思考著這件事。
島村筆記本就是我努力的成果，也是平常的我。
雖然好像都會想得太深，搞得自己總是在原地打轉。
一陣流過下巴的熱霧。我用手指觸碰下巴，找到了答案。
如果島村在這裡……
她應該……會覺得很熱吧。
她會先想辦法處理這股悶熱。
察覺這一點的我動起雙腳。走到窗邊，打開窗戶。
我把一整排窗戶——
全部打開，改善教室裡的通風。
安達
體型細瘦，沒什麼曲線。
對島村抱著不該有的想法，
相當期待暑假要和她一起做哪些事情。

「小社也想穿穿看嗎？」
「了解一下地球人的文明也不錯。」
社
有著水藍色頭髮，
不斷灑著發光粒子的自稱外星人少女。
是個等注意到的時候，
就發現她已經在島村家玩的神奇人物。
妹妹
島村的妹妹。跟社感情很好。
很喜歡自己的姊姊島村，
甚至看到島村跟安達很要好
會心生嫉妒。

「我就不用了。我就用平常的打扮，
很普通地去逛就好了。」
島村
就算進到暑假也一樣
有點少根筋的女高中生。
最近連安達以外的人也會黏著她，
但她似乎沒有自覺。

「怎麼說，至少應該可以給我一點感想吧？」
樽見
島村的兒時玩伴，最近在巧合之下與島村再次見面。
偶爾會和島村聯絡，並邀她出去玩。
似乎想和島村變得更要好。

「啊。真是失禮了。看起來很耀眼喲。」
「島村？」

011 if「如果大家很年幼」
023 「就算妳不求我，我也會去見妳」
035 第一話「來自蔚藍」
113 第二話「島村之刃」
135 第三話「靈魂是共有的？」
203 第四話「安達再起」

入間人間

插畫：のん

安達與島村 5

Kadokawa Fantastic Novels

if「如果大家很年幼」

這個世上真的有各種不同的孩子。大家就算身高一樣，各自的特色也不會因此變得不明顯，一眼就能看出每個人哪裡不一樣。總的來說，小孩子很可愛，會讓人想去保護他們，一直保護到他們這些弱小的存在變得強壯起來。這令我莫名佩服生物真是種被設計得很完美的存在。

不過，她們比我小時候還要更有個性。

另一頭甚至有個水藍色頭髮的女孩子。和她一起玩的孩子總是戴著帽子。真的是有很多不同特色的小孩。不對，那個髮色可以用一句「很多不同特色的小孩」來解釋嗎？

「小島，等一下～」

下課時間有幾個小朋友在走廊跟教室匆忙地來來去去。是大班裡面最吵鬧……不，是最活潑的小島，還有老是跟在她屁股後面的小樽。

小島會把雙手伸向前面，一步步地跑著。她跑步的姿勢還是一樣特別。可是看著看著，就會莫名覺得溫馨。小樽則是像在喊「萬歲～」似的高舉雙手，一直跟著小島。她也是個奇妙的孩子。不過她這樣也很可愛。

雖然看著都很有活力的她們會讓人心情愉快，但相對的也常出現驚險場面，一點也無法鬆懈下來。尤其小島很魯莽，她和周圍的朋友們之間不會有道心靈之牆是很好啦，可是我希

望她能好好注意一下建築物的牆壁。為什麼把手伸到前面跑步，還會常常撞到額頭呢？

她們兩個跑過教室中間。而看著這幅景象的，不是只有我。

我哄著其他孩子往她那邊看去，就看到她果然正乖乖地獨自坐著。

她把玩著黏土，直盯跑在前頭的小島。

今年大班的孩子裡最麻煩的問題兒童，大概就是那個小櫻了。她不會對其他小孩暴力相向，也不會添麻煩，但在其他方面上很難搞。她不愛講話，反應也很淡薄，和周遭孩子之間的溝通上有點障礙。我也曾和那孩子的媽媽談過，不過她在家大致上也是那樣的樣子。她媽媽也苦笑著跟我說「她是個很難懂的孩子」。真是那樣嗎？可是我當下沒有反駁她。

她乍看之下確實是很難懂的孩子，不過，小櫻待在這個教室裡時，其實意外好懂她在想什麼。小櫻沒有和誰很要好，卻好像很在意不在乎那種事情，會直接跟她說話的小島。但是，她不會主動找小島講話。

小櫻明明就想和小島一起玩，卻總是不會主動開口。她會到小島身邊獨自玩耍，一副希望小島察覺想跟她玩的模樣。看起來與其說是害羞，還比較像是不知道該怎麼搭話。尤其小島身邊有其他朋友在的時候，她又會變得更畏縮。

跟那樣的小櫻相反，在教室角落玩得很開心的則是小晶跟小妙。她們好像在玩抱抱。

「唔唔唔……」

「小晶力氣好大喔～」

被舉起來的小妙笑得很輕鬆，舉著她的小晶卻是一臉紅通通的。小晶不曉得是不是到極限了，一放下小妙後就立刻躺倒在地。小妙蹲到她身邊，說：

「妳很努力了喲～」

「嗯，我很努力。所以給我獎勵～」

小妙抓起了小晶要求獎勵的手。接著，小妙就用嘴吸住小晶的額頭。於是小晶露出了滿面笑容。

她們的感情真的很好，好到沒有待在一起還比較稀奇。之前被帶到小晶家的時候，真的嚇了我一跳。她家是非常大的豪宅。而且路旁都是竹林耶，是竹子啊。害我一開始困惑到不行啊。

而且當時誤以為出來迎客的人是位年少父親，結果在問候完以後被客氣地糾正說：「我是她哥哥。」這也讓我困惑不已。

先不提很要好的那兩個人，小櫻正直直盯著小島。小島則是在跟小樽她們一起玩積木。她們正用可以像拼圖一樣組起來的積木蓋房子。明明剛剛還在到處跑來跑去，一個不注意，就已經跑到別的地方去了。我由衷覺得當父母真的很辛苦。

先不管這個，讓小櫻繼續這樣也不太好，所以我決定出手幫忙。

其實我不希望介入孩子們之間的情誼，但看她這樣，就覺得很可憐。

「小島，可以過來一下嗎？」

我呼喚正在專心蓋屋頂的小島。小島就這麼抱著積木過來。
「老師～我今天還沒有弄壞半個東西啊～」
小島把手放在頭上，觀察起我的臉色。
原來妳有自覺啊。
「嗯，那樣很好。那個啊，小櫻好像也想跟妳們一起玩耶。」
我看到視線一角的小櫻顫了一下。看來她好像有在聽我們說話。
「好啊～」
率直點頭的小島一步步跑向小櫻身邊。小櫻嚇得全身發抖。
她像是假裝沒有注意到小島一樣低下頭，這時——
「我們走吧～」
小島沒有做任何說明就抓起小櫻的手，要她站起來。小櫻把握在手裡的黏土放到地上，然後站起來交互看著小島和我的臉。她的眉毛因為不安與喜悅交雜在一起，不斷上下擺動。
小島直接拉著小櫻離開，小櫻也就這麼任她擺布。
「積木給妳，妳可以從妳喜歡的地方開始蓋喔～」
小島把自己拿著的積木給小櫻以後，就回去繼續蓋她的房子。小櫻臉上的喜悅隨之消失，漸漸露出想哭的模樣。她繞到離去的小島旁邊，拉起小島的手。
「嗯？怎麼了～？」

「我……我們到那邊……玩吧……」

她說的「那邊」，是小櫻到剛才都一直坐著的，那個沒有其他人的地方。小島「咦～」了一聲，舉起手上的積木拒絕她。

「為什麼？在這裡玩就好啦。」

「到……到那邊……」

小櫻拉起小島的手。「哎呀呀呀……」小島差點就被拖著走，但還是留在了原地。

「大家一起玩嘛～」

「對啊～不要獨占小島啦～」

小櫻遭到小島和小樽的反對，肩膀開始抖動起來。啊，糟糕。

「小……小島要和我玩啦，和我玩……」

小櫻開始啜泣。哎呀呀……我很猶豫要不要再介入她們一次。

好像有點失策了。

她不是想跟大家玩，是想跟一個人玩。小櫻的個性就是這樣。

雖然很難說誰對誰錯，但我覺得她真是個笨拙的孩子。

怎麼說……她以後上了小學，交得到朋友嗎？

「妳要好好珍惜朋友才行喔。」

嚇我一跳。旁邊突然多了一個女孩，而且是水藍色的。

ほうげつ

她不是在另一頭玩的那個孩子，不過頭髮也是水藍色。她的頭髮跟那孩子一樣冒著光芒，不一樣的是髮型。她的長髮在後腦勺綁成了一個像蝴蝶的結。沒有綁成結的頭髮就直接垂下來，有如一道奇幻風格的瀑布。她的身影很沒有現實感，手上卻拿著飯糰。

三角形中心的昆布還岔出了飯糰外頭。

「大家都那麼說，想必在地球就是該那麼做吧。」

她身上斜揹的水瓶搖晃著。明明外面在下雨，她的穿著卻像是來野餐。

「喔……喔～！妳是什麼人～」

小島也被突然出現的女孩子嚇到了。而且還伸長了身子，想和她對抗。

「哼哼哼，憑現在的島村小姐是敵不過我的。」

喝啊～她抓住小島的手，開始轉起圈來。她們兩個一起轉啊轉的。

這是在幹嘛？

她們轉得比我預料的還久。最後是因為那個女孩的腳打結，才終於停下來。

「哇呀呀呀。」終於解脫的小島被弄得暈頭轉向，身體搖來晃去。

「如何啊？」

這麼說著的女孩腳步也很不穩。這孩子是怎麼回事？

「妳做什麼～！」

「呵呵呵，沒有控制力道輕重就突然做這種事情，當然會這樣。」

她面露得意表情踩著不穩的腳步。

「不過，若像我這樣有經過鍛鍊，就不一樣了。」

原本搖搖晃晃的女孩瞬間直挺起身子。從後頭看她身體緊繃的模樣，就知道她也是非常勉強地在穩住自己的腳步。然後，她以稍微冷靜的語調說：

「一個人在還不習慣的時候，無法做太難的事情。」

女孩說著看向小櫻。小櫻接受到陌生人的視線，就立刻低下頭來。女孩看到小櫻這樣，不知為何爽朗地「哇哈哈哈哈」笑了出來。

我輪流看向小櫻跟那名女孩。小島也轉著頭，和我做出類似的舉動。

……原來如此。

雖然我完全無法理解她怎麼會選擇這樣解釋，但我這時候終於懂她想說什麼了。

但小島能懂她的意思嗎？

小島仰望那名女孩。小島無邪的雙眼彷彿要吸入她水藍髮色與雙眼的光輝一般，染上相同的顏色。

然後——

「雖然不知道是什麼意思，不過我知道了。」

小島點點頭。

「我今天要跟小櫻玩是也。」

不知道為什麼，她的語調有那麼點像武士。是受到總戴著帽子的那孩子影響了嗎？

那孩子有時候會用奇怪的語調說話，不曉得是在模仿誰。

但從小島有辦法做出這種判斷來看，她應該確實了解到女孩想說什麼了。

小島一轉身，小櫻儘管流著淚珠，表情也變得明朗起來。

她的嘴角上揚，雙眼輪廓也跟著張大。

「可是，等我頭不會暈暈了以後，妳也要跟大家玩喔。」

聽到小島這番話，小櫻微微點了頭。接著，小櫻又拉起小島的手，走往擺著黏土的地方。平時都是拉著別人前進的小島，竟然會被容易畏縮的小櫻拉著走，這也是幅挺有趣的畫面。

可是小樽就不覺得有趣了。她喊著「妳幹什麼啦～！」，看起來對小島被搶走很不滿。唔……要所有人都好好相處真困難。

要是老師代替小島加入，她會歡迎我嗎？應該有點微妙吧……我苦惱地抓抓頭時，剛才的女孩不知道什麼時候跑來我旁邊了。她挺起胸膛，發出哼哼哼的笑聲。

「在特別篇裡面，我可是負責調解紛爭的人喔。」

這個說著怪話的孩子比其他小孩還高。我們班上有這樣的孩子嗎？不對，我沒有受託照顧這個女孩。

「妳是從哪裡來的？」

她很開心地吃著飯糰，可是午餐時間已經過了吧。

「但這只是如果她們在這個年紀相遇，就會演變成這種狀況的故事，並非過去實際發生的事情，完。」

「那個……？」

「妳要喝嗎？」

她從水瓶倒出飲料遞給我。「咦？呃……謝謝。」我接過她給的飲料，喝了一小口。這是甜到會讓人以為是原汁的乳酸菌飲料。女孩很享受地喝光飲料，中間完全沒有停下來。

「不過小同學不在，真是太可惜了。」

她這麼說著，又踩著輕快腳步離開了。結果是個都不聽人說話的孩子。

還真是個可愛的可疑人物……就這樣放過她沒問題嗎？

「小櫻想要做什麼？」

和小櫻一起捏著黏土的小島這麼問。

「要……要做什麼……好呢？」

回答這個疑問的小櫻聲音中微微聽得出喜悅。

她確實有足夠的感受性去了解小島那份類似溫柔的心意，而且——

雖然顯得不自在，但她露出了笑容。

嗯——看見這幅景象，卡在胸口的不安也滑落到了胃底。

她是個問題很多的孩子，也是今後一定會吃上不少苦頭的孩子，但是——

既然知道這一點，那她也一定知道該往哪個方向努力了，不會有問題的。

既然知道怎麼露出笑容，那就不會有問題的。

「就算妳不求我，
我也會去見妳」

我第一次對暑假感到一種類似不安的感覺。長期休假可以遠離存在於平日的規則，體會彷彿投身水中的那種暫時性的解脫感，但今年那股落進水中的感覺卻讓我內心焦躁不安。在水裡的我不斷揮舞手腳，尋求依靠。

今天是第一學期最後一天，結業典禮。我在教室看著島村。我看著她，發現她打了一個小哈欠。她在擦拭淚珠的時候和我四目相交，所以我立刻移開了視線。這應該不是什麼虧心事，為什麼我總是會不禁低下頭呢？是怕被發現我在看她會很難為情嗎？不對，這早就為時已晚了，不如不要逃掉，一直看著她就好了吧？呃，可是……我的頭一下抬起來，一下低下去，動來動去的。可是好難為情，有某種因素讓我難為情到不行。

內心好糾結。掌心跟後頸冒出了冷汗。

我說不定是整間教室裡最忙碌的人。

也可以說單純是我慌張過頭了。

我在班導和大家講話的時候整理書包，一結束就走往島村的座位。島村似乎預料到我會這麼做，也立刻看往我這裡。我用不自然的動作舉起手，正要和她打招呼的時候——

「安達只要一和我對上眼，就會馬上看別的地方呢。」

我正面吃上了島村的先制攻擊。啊唔啊唔……我的嘴唇像在空轉一樣不斷張合的期間，她又說：

「好像小動物逃回巢裡面一樣。」

島村笑著這麼說。聽她這麼說，我也不知道是不是該感到害羞。我不懂她是抱著什麼樣的心情說出這句話。既然在笑，那應該也不是太糟的情況，但若是被取笑了，那就該深深反省。怎麼辦？怎麼辦？在我煩惱的時候，島村已經拿起書包站起來了。我略過講「我們一起回家吧」的步驟，直接走在她旁邊。

「喔～喔～」

島村抬頭看我，發出奇怪的感嘆聲。

「怎……怎麼了？」

「我在想妳今天也別著髮夾呢。」

聽她這麼一說，我下意識地伸手去碰別在頭髮上的髮夾。我輕輕撫摸島村送的那個花朵造型的髮夾。

「妳很喜歡嗎？」

她這麼問以後，我連續點了好幾次頭。島村看我這樣，就笑了出來。

島村頭髮上也有的花朵裝飾讓我胸口帶著一陣溫熱，一步步走著。當我們走到樓梯附近的時候，我突然感受到一股再這樣下去會什麼都沒聊到就得分開的危機感。身體有些發寒，冒出了大量冷汗。

「啊，那個……已經進暑假了呢。」

「嗯，是啊。」

我們一步步地向前走。還有什麼話題好聊……蟬好吵？不行，這絕對聊不下去。

「放暑假的島村有什麼預定行程嗎？」

不小心變成奇怪的語調了。島村稍稍彎起背脊。

「我沒有什麼預定行程喔。」

她配合我的語調回答，讓我覺得有點羞恥……啊，既然這樣——我又抬起頭。

「那，我可以傳郵件給妳嗎？」

「可以啊。是說妳平常就有在傳了嘛。」

「是沒錯，可是暑假可能會傳很多封……呃……」

「當然沒問題啊。」

島村和漸漸被逼得毫無餘裕的我不同，看起來一派輕鬆。

都說到這個份上了，那也問問看其他的好了——內心有股貪欲湧了上來。

「還有，如果有空，可以偶爾……一起去玩嗎……？」

「儘管來吧。」

島村輕輕敲了我的胸口。我感到放心，卻也有點……有點站不穩。

現在的我就是輕到被敲一下就會搖晃，根本是空心的。

呃，我也不是因為被島村碰到，就開始慌起來。

不是那樣。

我感到不安的原因，就在島村身上。

暑假時和島村之間，會少掉學校這個交集點。要是什麼都不做的話，就會完全沒有接觸機會。

就連蟬也會為了傳承自己曾經存在的證明，而拚命鳴叫。

我必須稍微向蟬看齊才行。

走下樓梯，在鞋櫃前抓緊了鞋子的我，出聲呼喚她。

「島村。」

「嗯？」

島村轉過頭來。她的脖子滲出了一點汗水，衣領也解開了。

鞋櫃這裡的昏暗和從門口射進的光芒相互交融，創造出前往夏天的入口。

受到那幅光景吸引，感覺意識隨時都會消散而去的我說：

「我在想，暑假的時候……如果……能和島村變得更要好就好嗯。」

腦子開始過熱的同時，整段話後半的講話速度也跟著快起來，導致舌頭打結。

「嗯」是怎麼回事……我自己一個人在那邊肯定個什麼勁啊。

「變得更要好啊……」

島村露出不解的模樣，反應不太樂觀。在我眼中看起來就是這樣。

可是要是在這時候講一長串具體內容，島村會擺出什麼表情呢？

像是一起去游泳池。

也想和她一起在路上隨便逛逛，再去咖啡廳喝茶。

她會覺得很噁心，還是被嚇傻呢？我腦海裡沒有她會接受這種要求的天真想像。

一站到島村面前，胸口就開始傳出劇烈悸動。這股悸動會成為讓自身內心踏出堅強腳步的推動力，卻也會直接撼動心靈的根部。我心裡有種害怕自己伸出的手隨時都會被拍掉的消極想法。

但是……

島村對我露出微笑。

「啊……」

「雖然不太懂是怎麼回事，不過我會期待的。」

今年的夏天，就在她這份笑容下開始了。

一個很不穩定，讓人無時無刻都想跑起來的夏天。

暑假是個很棒的東西。要說哪裡棒，就是早上不用逼自己起床。

「明明就不用逼自己起床……」
我懶散地趴在廚房桌子上小聲抱怨。時鐘的指針指著早上七點。
昨天和安達講了很久的電話，讓我的眼皮又更沉重了。
「洗碗很麻煩，吃這個就好了。妳想睡就等吃完再去睡。」
把我叫起來的元凶——母親迅速準備麥片並遞過來。之後看到把牛奶加入麥片的一幕，輸給乾渴喉嚨抱怨的我，還是坐起身來了。
「早上的姊姊真的很沒骨氣耶。」
妹妹用一副很了不起的模樣批評我。這傢伙一大早就很有精神。聽說她六點就起床了，還有去參加廣播體操。原來那個廣播體操還有在附近的停車場舉辦啊。
話說回來，我妹到底從什麼時候開始就變得不會用可愛的語氣叫姊姊了呢？
「這個椰果口味真是好吃極了。」
好吃好吃——一旁吃到咂起嘴來的傢伙，頭髮飄出了輕飄飄的光粒。
是社妹。好像是我妹在廣播體操會場找到她，就一起回來了的樣子。不要隨便把這傢伙撿回家。
而且還用一副理所當然的樣子吃著麥片。
「嗯……」
她吃東西的模樣看起來好幸福啊——我看著社妹那好像很柔軟的臉頰。

感覺有種讓人無法移開目光的魔力。

我對社妹的感慨，要說是「對他人的感想」又不太一樣。因為我發現她的舉動很像小時候的自己。那種把手伸到前面的跑步方式根本一模一樣。

就算無法全盤肯定她的作為，卻微妙地有種想在一旁守護她的心情。

母親會沒有多說什麼，還有妹妹會黏著她，或許就是在她身上看到了我的影子。

想到這裡，就覺得心裡悶悶的。

我在這樣的狀況下吃過早餐，然後刷牙洗臉。目送忘記作業存在的小不點們開開心心出門後，我就鑽回還沒收起來的被褥裡，準備繼續睡。雖然我妹是蓋毛巾被，但我連在夏天也是蓋棉被。若問我「不會熱嗎？」，那當然是熱到不行了。可是有點厚度的棉被，蓋起來才會有種安心感。難道我在棉被上感覺到了母性嗎？

我一鑽進被窩裡躺下，電話就響了。安穩時光像被算計好了似的打斷，讓我的腦袋瞬間變得很沉重。「唔咦……」聽著鈴聲的我雖然發出哀號，卻也覺得就這麼不理它，之後心裡會挺不舒服的，所以我還是慢慢爬出來拿桌子上的電話。拿的時候手還撞到了桌角。

「……啊，我猜錯人了。」

我還以為是安達，結果是樽見打來的。記得我們上次見面是差不多兩星期以前吧。

其實現在樽見常常約我出來見面。

每次見面都會發現新事實，或是發現我們真的沒有變。

偶爾接受這種刺激也不壞。

我接起電話。隨後就聽見了樽見的聲音。

『嘿小島。』

「嘿。」

她的問候跟我的名字連在一起，感覺就像變成了另外一個人的名字。

『妳已經放暑假了吧。』

「嗯，是啊。不過，我想現在哪裡都在放暑假吧。」

這麼問的樽見也放暑假了吧。她有參加什麼社團嗎？我不記得有聽她提過。

……不對，有提過吧？她說不定曾在我們之間還存在著無法填平的不自在感時提過。若是那樣，或許我不記得也是理所當然。

我像這樣正當化自己的健忘。好像永藤一樣。

『妳現在還好嗎？』

「還算不錯。」

我說不出自己其實正想睡回籠覺，只能回她一聲「哈哈哈」的乾笑。

『啊～呃……妳期末考試考得怎麼樣？』

「哈哈哈哈。」

討厭～小樽妳怎麼問這個呢～

我聽到附近有蟬在鳴叫，於是便抬起頭。外頭刺眼得，好像有個裝著光芒的桶子打翻了一樣。

我周遭都是些一大早就很有精神的傢伙。還是說，是只有我沒精神嗎？可是就算打起精神，我又有什麼事好做嗎？想到這裡，眼前景色就模糊起來了。

『那個啊，小島，妳不介意的話……妳真～的真的很不介意的話啊……』

「嗯？嗯，什麼事？」

聽她做這種開場白，我就不禁稍稍抱起慎重態度。感覺她好像會把什麼不得了的東西推給我。

不論那是善意，還是充滿惡意，都會讓人覺得有點沉重。

在感受到一陣吞了吞口水的氣息後，樽見說：

『要不要……一起去下星期的煙火大會？』

今年的夏天，就在這道邀約下開始了。

一個讓人仰望天上蔚藍，想像著彼方景色的夏天。

「今天的安達同學」

我寫我寫我寫我寫我寫。擦掉一點。

我寫我寫我寫我寫我寫我寫。

我寫我寫，擦掉。我寫我寫我寫我寫。

我寫我寫我寫我寫我寫我寫。

寫好了。應該說，已經寫不下了。

第一話 「來自蔚藍」

我拿起兩個晚上下來的成果，確認寫好的成品。

『再到島村家住一次。』

『和島村一起去買東西。』

『牽島村的手。還有，要玩得很熱絡。』

『和島村一起去游泳池。去海邊有難度？太遠？』

『島村……』

這是我暑假想做的事情清單。形式上主要是……應該說全是和島村一起做某某事。

我寫著這些的時候因為很煩惱，所以沒什麼感覺，但現在重新看看整張清單，眼睛就不斷注意到島村的名字。而且怪不好意思的。我到底寫了她的名字幾次啊？

剩下的空白已經寫不下要做某某事的部分，於是我就用島村兩個字把空白寫滿。

我搞不懂自己在做什麼。我只能對睡眠不足引發的謎樣行動感到疑惑。

但我依然覺得這不是錯誤的行動。暑假，還有島村。我知道這兩個要素在腦海裡占了很大一部分，但它們並沒有被線緊緊繫著。總覺得不好好注意，就會像夏天的炎熱讓腦袋昏沉沉的那樣，就這麼茫茫然地逐漸消逝。

那麼一來，等到夏天結束時，剩下的就只有後悔了。

比以往無所事事的夏天還要悽慘好幾倍這種事情，我可不想體驗。難得我遇上了島村。難得夏天又來臨了。

因為這樣，我便利用文字來整理心思。雖然我花了兩天才寫好清單。一起出門到哪裡玩——我的清單上好像大多都是以這點為基本。稍微仔細想想，我暑假也沒其他事情好做。而兩個人一起出去玩，肯定可以證明我們很要好吧。

「證明啊……」

要是真有那種東西就好了。要是得到了，我應該會帶著它到路上炫耀。讓看不見的事物顯現的東西……是類似溫度計的東西嗎？

我看向時鐘。已經快到打工時間了，於是我把清單慎重地放回桌上，前去換衣服。我在換衣服的時候想到自己忘記吃早餐，不過算了，沒差。

老實說，我繼續打工的理由相當薄弱。不過總比什麼都不做好吧，而且先存點錢起來，萬一有需要錢，也不會煩惱。

我只因為這點動機才開始打工，也存了不少錢，可是我到現在還想不到該把這些錢用在哪裡。

雖然和島村出去玩的時候不會有金錢上的困擾，但那種機會本來就不多。

即使如此，我還是沒有辭掉那間店的工作，是因為想到島村一家人可能會再來光顧，心裡就有些期待。雖然也會難為情，但是，島村曾經誇獎穿著旗袍的我，所以我會覺得穿給她看也不壞。這讓我抱起一絲期望，期待島村會不會感受到我的魅……魅力？魅力是怎樣？總之就是類似那樣的東西。若貪心一點，我會希望不只是我單方面地接近島村，而是她也會一步步親近我。

我認為所謂「變得要好」，可能就是這麼回事。

這件沒有人教我，也不曾試圖去學的事情，我現在卻在努力學習。

要到什麼時候，才能抵銷掉太慢起跑造成的落後呢？

「…………」

不曉得是不是我一直寫著島村島村害的——

我好想聽聽島村的聲音。

下班以後打電話給她看看吧。

就算沒什麼好聊，我也希望告訴她我很想聽聽她的聲音。

雖然我沒有可以不語無倫次的自信。

感覺到自己早早就開始心急到迫不及待的我，發現犯下了一個失誤。

要是在下班之後才想到這件事就好了。

我拿著腳踏車和家裡的鑰匙，打開通往外面的門。

走到沒有冷氣的外頭，我才想起今天的天氣也是非常炎熱。

在蟬的迎接下，我受到了炎熱空氣的環抱。

我的心情真的就像是打開了通往夏日的門扉。

感覺好像蟬就在腦袋一角鳴叫一樣。也很像射進房內的強烈日光的聲音。

天空和建築物的輪廓相當清晰。色彩雖然不鮮艷，但色調很強烈。

我不喜歡炎熱天氣，不過我喜歡這種夏天的景色。

「姊姊，妳在做什麼啊？」

經過一旁的妹妹疑惑地對在窗邊發呆的我問道。

「……嗯～沒做什麼。」

我想起了去年的夏天。當初埋葬蟬時感受到的土壤溫度，又回到了掌心上。

距離第一次見到安達那天，已經快要一年了。已經過這麼久了嗎？我實在沒什麼實感。

等回過神，我已經是高中二年級的學生，再一年半就要畢業了。

大學……我大概不會去讀吧。未來的我，究竟會在哪裡做些什麼呢？

狀況一定會變得比現在更麻煩吧。

光是想像，就忍不住嘆氣。

「啊，島村小姐和小同學都在。」

在我妹進來房間以後，社妹也進來了。最近變得很常在家裡走廊上遇到這個奇妙的小妹妹，幾乎沒事就會待在我家。她會毫不客氣地在我家吃飯跟洗澡，不過還是會回家。雖然覺得她好像還不會回去，可是只要一到晚上，她就會不知道跑去哪裡。到了早上，又會發現她不知不覺中已經躺在我家了。

「啊，對了，姊姊、姊姊，聽說有祭典耶。」

我妹遞出她握著的一疊廣告。大概是夾在報紙或聯絡板裡的廣告吧。我收下來一看，發現是煙火大會的廣告。是我跟樽見約好要去看的那場。商店街的人也會去那裡擺攤，所以雖然我們這裡跟煙火大會會場有點距離，他們還是發了廣告給每戶人家做宣傳。我拿過廣告，看向標著週末夜晚的舉辦時間。

「這是什麼？」

社妹從我妹旁邊看向廣告，然後馬上提出疑問。

「煙火大會？煙火？」

原來妳不知道煙火是什麼嗎？不對，社妹知道的事情反而比較少。從她不了解一些常識這點來看，我覺得她也可能是外國小孩，可是她的日文又講得太流利了。與其說她的知識有所偏頗，應該說根本極端到不可思議的地步。她就好像是透過在地球上橫著走根本就走不了的路，來到了這裡一樣。她有著縱向的深度。

社妹「唔唔唔」地露出思考的模樣後，就捏住並拉起自己的鼻子。

「那是鼻子變長～」（註：日文中與煙火大會發音類似）

「喔，原來不是這樣啊。」

聽到我妹這麼說，她立刻放開手。

「煙火是那種會『砰——』地有火花炸開來，很漂亮的東西喔。」

「喔～喔～喔～」

感覺根本不懂的社妹敷衍地點了好幾次頭。看我妹這麼開心的樣子，我知道她想要做什麼了。

「妳想去嗎？」

「要我跟姊姊一起去也可以喔。」

為什麼我妹總是擺著這種很了不起的態度呢？而且只有在我面前會這樣。

「呃～其實我跟朋友約好要一起去了。」

「咦～！」

我妹尖聲喊道。她伸長雙腳，踮起腳尖。

「朋友……咦～！」

隔了一小段空檔後，她又一次表達不滿。就算妳驚訝成這樣也沒辦法啊，姊姊也是有自己的行程的。

雖然我懂她的心情啦。

因為不跟我去的話，我妹也沒辦法去祭典。

父母應該不會允許我妹晚上自己出門吧。
而父母又是會怕麻煩，很不喜歡人潮的人。
「我可以跟妳一起去喔。」
社妹出手解救——她本人是以一副要幫助我妹的模樣扠著腰。她也稍稍挺高了剛才捏長的鼻子。我是很高興她有這份心意啦，但根本無法解決問題。反而還更讓人不安。
我俯視嘟著臉頰的妹妹，抓了抓頭。
她只要一鬧起彆扭，之後要讓她消氣就很麻煩。
「啊～那妳等我一下。」
她會不會很排斥呢？感覺會。不過還是問問看好了。
我拿起電話，從履歷裡面找出上一個打來的人，按下按鈕。
等了大約兩秒以後，電話就通了。
『小島？怎麼了怎麼了？』
她的反應很著急，可以感覺出她是用跑的來接電話。
「不是什麼值得妳這麼著急的事情啦，總之先說聲妳好。」
『嗨。難道是那個嗎？突然不方便去了？』
小樽完全靜不下來。但是算比安達冷靜吧？
樽見就像是踩著很大的腳步聲前進，安達則是原地踏步的感覺。

「不是不方便，啊，不過的確跟煙火大會有關。我可以帶妹妹跟其他人去嗎？」

樽見沒有馬上回應。她果然不想這樣吧——我露出苦笑。

雖說是朋友，但和朋友的妹妹一起逛祭典，大概會覺得有些不對勁吧。

畢竟是先跟樽見約好的，只能叫我妹放棄了。我正要回頭告訴我妹時——

『其他人……是什麼意思？』

樽見用有些僵硬的語調這麼問。

她最在意的是這一點嗎？樽見注意的地方還真特別。

「嗯~這很難說明……算是我妹的朋友吧。」

雖然先認識她的人是我。我們之間的關係相當微妙。

『妹妹是嗎……這麼說來，小島有個妹妹呢。』

「嗯。妳最後一次見到她是在我們真的還很小的時候，妳還記得她嗎？」

『我是記得妳有個妹妹。不過她應該也不知道我是誰吧。』

當然嘍——我肯定她的疑問。我妹那時候只要遇到樽見來家裡玩，就會躲在房間裡不出來……咦，好像跟現在差沒多少？不過，她就是這點會讓人忍不住會心一笑。

「那，可以帶她們去嗎？妳不想的話就算了，嗯。」

反正還有其他晚上辦的祭典，改天再帶她去就好了。雖然可能不會有煙火啦。最近很少放煙火，晚上聽到煙火聲的機會沒有以前那麼多了。

但這個時期還是差不多會一星期放一次煙火。

『……可以啊。可以啊。不錯啊，嗯。』

樽見了解我的意見後，便接受了這個提議。

老實說，我很意外。

「謝謝妳。」

我有點猶豫要不要跟她說對不起。可是又覺得這沒什麼好道歉的，就不這麼做了。

『哎呀～沒關係啦，我只是……呃……該怎麼說呢，就是那個啦，只是想和小島一起玩而已！』

「是嗎？」

妳也用不著逼自己積極正面成這樣吧。

『啊～嗯，嗯……嗯，沒關係，反正是小島的妹妹嘛。』

是我妹又怎麼樣了嗎？在意這一點的我再次跟她說聲「謝謝」，準備掛斷電話。不曉得是不是察覺到我想掛電話，話筒裡又傳來樽見很快速地講著「啊，小島小島」的聲音，於是我又把電話擺回耳邊。她這種連續叫我名字兩次的呼喚方式，讓我想起了以前的樽見。

『我很期待那一天，妳可別忘了喔！』

樽見留下很犀利的一句話，就主動掛斷了。她和安達不一樣，在這種時候很乾脆。

不過，她剛才那段話實在很難判斷是在表示期待，還是在提醒。

難道她怕我不小心就爽約了嗎？

暑假才剛開始而已，我腦袋裡的螺絲可沒有鬆到那種地步啊。我在心裡反抗她的疑慮，同時轉過頭。

我不理會捏著鼻子在玩的社妹，對我妹說：

「所以，妳要一起去也沒關係。」

「喔～」

我妹收起原本嘟起的臉頰，出聲吐出空氣。

「不過我才想問妳，妳不介意我朋友也要一起去嗎？」

畢竟我妹對家人以外的人，甚至是對親戚都會很冷淡。

我妹微微點頭。我真希望她也差不多該慢慢克服自己怕生的毛病了。

不然……嗯……安達的狀況又跟怕生不太一樣吧。

「妳說的朋友，是前陣子來住的人嗎？」

妹妹這麼問我。說是前陣子，其實也過挺久的了，總之她好像在問是不是安達。

「是另一個朋友。」

「是喔……」

我妹做出很冷淡的反應。妳那什麼態度啊？

「既然是島村小姐的朋友，那也等於是我的朋友呢。」

「……………………………………」

另一個人則是擺著無憂無慮的笑容。

「好朋友機器人，喀喀喀！」

「那什麼啊……」

我對不懂在興奮什麼的社妹感到傻眼，而我的視線也在游移。

在相當遙遠，並逐漸吞噬過去的大海中游移。

聽到以前自己說過的話被原汁原味地重現，就覺得很不自在。

是因為跟我很像，才會說出這種話嗎？

還是因為她會說這種話，才會覺得她跟我很像？

我悄悄在大海中找起兩個身影開始重疊在一起的起點。

煙火大會啊……就算在上班，這個詞也一直不肯離開腦海。

可是，我也不是要在被煙火點綴的夜空下走動，而是要接待那樣的客人。

我打工的地方——掛著創意新中華料理這種史無前例的招牌的這間店，似乎也要到祭典擺攤。而我因為一句「妳來幫忙一下吧」，就被迫去攤位那邊幫忙。我是很想拒絕，但我一打算拒絕，店長就會很過分地開始假裝自己不懂日文。結果，我還是順著店長的意思做了。

到攤位幫忙，會有薪水拿嗎？

不過，煙火大會和祭典真是個盲點。

講到暑假，我就會直接想到游泳池跟大海，根本沒考慮過祭典。大概是因為我記得自己曾去過游泳池，卻沒有去過祭典吧。我和父母之間沒有建立起會被他們帶去逛祭典的關係。而我在想，這時就先不深入考慮這件事，和島村一起去煙火大會這個主意怎麼樣？

很不錯啊——原本就很耀眼的夏日景色化作光之洪水襲來。隔著玻璃觀望朦朧的夏季道路的時候，甚至感受得到彷彿飄盪於高溫與陽光熱浪間的美感。我平時毫不在意這個世界的樣貌，現在卻可以用寬廣的視野看待並給予肯定。光是抱著積極正面的心情，心靈就能變得相當寬容。

「所以，妳要記得過來喔。」

「……我知道了。」

下班的時候，走路像企鵝一樣的店長這麼叮嚀我。

要是不用負責這個，就可以約島村一起去煙火大會了。

可是沒有突然冒出這份工作，我根本不會意識到煙火大會的存在，世事真難順心如意。

感覺好像很順利，又好像很引人焦急。我有時候會痴心妄想著可以只把各種事情好的地方抽出來，連結在一起，過著開心的生活。

「話說回來，我們要賣什麼呢？」

「炸物。」

「啊，是……」

是店裡總是會有的那個像棍棒一樣的細長炸物。我不懂哪個部分是創意新中華。

換好衣服以後，我先在離開有冷氣的更衣室前打開手機。

然後打電話給島村。

我每次都會先傳郵件問可不可以打電話過去，不過今天就省略了這個步驟。

等待電話打通的期間，心裡冒出的少許緊張感讓指尖麻痺了起來。感覺像在做一個小小的冒險。

過了一小段時間，心中激昂也抵達了目的地。

『喂喂，妳好。』

「啊……」

島村。是島村的聲音——我不禁抬起肩膀。

好像身體某個乾涸的部分逐漸受到滋潤一樣。

我可以如實感受到疼痛與悸動同時復甦，不顧這麼做究竟是好是壞地漸漸活化。

『啊，噯！』

「咦？什麼？怎麼了？」

島村略過問候，直接喝斥我。我嚇得不知所措時，島村解釋說：

『啊，是小不點在惡作劇……不要爬到我頭上！』

電話另一頭很混亂。小不點？不是妹妹的話，是那個頭髮很奇怪的女孩嗎？她……正抓著島村的頭？還是抱著島村的背？

不管對方是誰，我都高興不起來。不對，講得更明白一點就是——

『給我安分一點，好嗎？』

「好……」

我下意識地縮起脖子回應她。

『呃，我不是對安達說啦。不過這句話要用在妳身上也沒問題就是了。』

「咦！」

『開玩笑的。那，有什麼事嗎？』

島村這道聲音在我耳裡聽來特別溫柔。

感覺好像會讓我很激動，卻也好像會暈頭轉向。

以前那個能冷靜面對島村的我，究竟到哪裡去了呢？

「呃……妳過得還好嗎？」

我無法立刻講出一起去煙火大會的提議，逃到其他話題上。

「嗯～一般，我過得一般好。雖然是會熱得全身無力啦。」

我聽到一陣有什麼東西在地板上跳來跳去的聲響。也有一道說著「我很好喔！」的聲音細細傳來。

『好啦好啦。那安達呢？』

「我……我過得很好……喔……」

本來想模仿剛才聽到的聲音，氣勢卻不夠充足。島村吸氣發出的小小笑聲，讓我的臉頰開始發熱。

『妳有乖乖做作業嗎？』

「咦，有……作業嗎？」

『沒有啊。』

哈哈哈哈——島村笑了一下。我後來才發現自己被當成小學生看待。

「我剛下班。」

『啊，這樣啊。放暑假也在打工，安達還真上進耶。』

實在想像不到原本是個不良少女——島村半開玩笑地說。我算是不良少女嗎？

「所以……所以？其實也不是『所以』啦，不過……」

「嗯，不是所以，不過？」

我自己都覺得再不擅長銜接話題也該有個限度。我的話語之間缺少了黏著劑。

不，不對。反倒是用黏著劑硬黏，黏得太過頭了。

而且黏的方法還很笨拙，不是很好看。

我知道這一點。知道是知道，但都說出口了，也只能繼續說下去。

「下次……要過一陣子……也是可以……」

『嗯。』

「那個……要……一起去祭典嗎？」

真的和我的開場白一點關係都沒有啊。我心中殘存少許的客觀想法如此抱怨。

島村隔了一小段時間才說話，像是在猶豫該怎麼回答。

『妳說的祭典呢～該不會～是這次的煙火大會之類的吧？』

「啊，嗯。啊，不，沒關係，不用那麼急，再過一陣子以後……嗯……也可以。」

反正我也去不了。正確來說，是沒辦法跟島村一起逛。

「反正暑假還很久，呃……就挑我們都有空的時候……吧？」

明明還沒說要不要去，我卻先講到更之後的事情。而且我這時才發現自己已經離開了椅子，呈現半彎著腰的狀態。等待島村回應的期間，我一直聽到自己很吵的呼吸聲。那聽起來很急促，很粗糙。

『……嗯。那我們下次再找時間去吧。』

聽到很樂觀的反應，我不禁開心地大大張開嘴巴。

我感覺有種情感滲進胸口底下——滲進身體的中心。

「嗯，嗯。啊，就算沒有煙火，只有祭典也沒關係。」

『嗯嗯，我大概知道妳會這麼想。』

「咦？啊，是……是喔？是嗎？」

島村居然懂我在想什麼。被她知道我的心思，不知道該說會很困擾，還是難為情。又或是很高興。雖然了解一個人是不錯，但被人摸透自己想法又是不同的感受。

我們又聊了一下以後，因為島村要吃晚飯了，我只好依依不捨地掛斷電話。一種彷彿跑到遙遠地方的疲勞和成就感，讓我的肩膀沉了下來。我重新坐正，低下頭，握緊手機。

我從肩膀和臉頰的狀況得知自己正在笑。

希望表情不會太難看。雖然我抱著這種擔憂，卻還是就這麼繼續放養自己的感情。

最近的我，每天都是以島村為目標前進。就好像一隻想輕輕停在島村肩上，而持續飛行的鳥。一整天不斷兜著圈子，尋找停下的機會。停上終於找到的島村肩膀後，又會為能夠再次回到那裡而飛走。

以島村為目標，終於島村，始於島村。

要說她是我的生存支柱是太誇張，但她肯定已經成了我生活上的指針。

我理解到自己是重新感受到這一點，才會露出笑容。

『我想畫小島。』

樽見突然打電話過來，一開口就說這句話。

說到底，她打電話過來這件事本身就出乎我的意料了。

雖然只是默默有種感覺，不過我本來覺得在三天後的煙火大會之前都不會聽到她的聲音，她也應該不會和我聯絡。先入為主的想法被她這麼一打破，讓我有些困惑。

先不管這種心境上的問題，這個人到底突然在說些什麼啊？

她想「劃」我？

「是喔……妳請便。」

『不不不，妳不來，我怎麼畫啊。』

我們約一下嘛，約出來見面嘛——她假裝很輕鬆的樣子說道。這是類似「我們一起出去玩嘛」的亞種之類的邀約法嗎？

「妳說要劃我……是哪個劃？是畫圖的畫，還是……」

『就是那個「畫」。』

「……畫我？」

『沒錯。』

「現在？」

『對。』

我瞄向窗外。天氣相當晴朗。光之海嘯襲向我的眼睛，令我不禁閉上左眼。

竟然想在這種大太陽下畫圖，樽見也挺有挑戰精神的。

「……唉。」

所以，我來到了約好的地點。她約在長良川的金華橋底下。我曾在通過橋的時候俯視底下釣客的身影，可是不知道已經幾年沒有自己走下河灘，踩著這裡的沙礫了。受到陽光照射的沙礫變得偏黃，也帶給鞋底一種圓滾滾的清脆觸感。

感覺每走一步，就連我的膝蓋內側都要被曬傷了。

但就跟待在比平常低的地方時的知覺一樣，肌膚可以感受到氣溫有降低。而且大概是因為人在水邊，吹來的風沒有那麼溫熱。我踩著唰唰唰的沙礫聲，接受風的懷抱。接著，那陣風就在我腦袋裡打轉，使耳鳴跟陶醉心情同時跑遍全身。

我置身於夏日當中。

暴露在外的知覺漸漸被陽光曬傷。

我走著看向遠方。在這個河灘上可以一口氣看見金華山跟岐阜城。我最後一次搭建在那座山上的纜車，是幾歲的時候呢？現在因為我妹也已經長大，所以也不太會出遊了。

樽見已經先到約好的地方，在沙礫上擺好畫布了。哎呀，好正式——我對她放畫布的三腳支架感到佩服。我還以為是更輕鬆一點的請求，真受不了她——我捏住自己的帽沿。

既然要找我當模特兒，真希望她可以再多給我一點整理儀容的時間。像頭髮就是沒有整理，才用帽子掩飾，化妝……從陽光的強度來看，大概化了也沒用吧。感覺會在到這裡以前

就全部被汗水沖掉了。但是，我還是想確認一下。像是有沒有眼屎之類的。

樽見發現我以後，就舉起手來。我在回應她的時候，也繞去看看她的畫布。雖然是理所當然，不過上面還是一片空白。要把我畫在這上面啊……看著看著，就覺得有些難為情。

「啊，小島。」

「抱歉，突然叫妳出來。」

「是沒關係啦。反正也沒事做。」

樽見的皮膚還很白，沒有沉浸在夏天之中的氛圍。她現在雖然有穿外衣，卻沒有戴帽子，感覺好像會曬傷。總覺得就這樣曬傷有點怪可惜的。

「這個給妳。」樽見遞出黑色的陽傘。

「想說陽光這麼強，就來畫畫撐著傘的小島。」

「感謝妳這麼貼心。」

我撐起在設計跟圖案上彷彿是做成黑百合外型的傘，遮住頭髮。

這是一種以外型好看為優先，導致遮陽區域變小的傘。

「喔，這樣好像很不錯喔。」

樽見一看見撐著傘的我，就出口誇讚。她誇獎得太快了，讓人覺得不太像真心話。

「是嗎？」

「嗯……不過～就我來看，小島穿什麼拿什麼都會很搭。」

所以不要參考我說的話喔——樽見用偏快的速度補上這一句，就回去做準備了。
她是想說「這是客套話，不要當真」嗎？
「哈哈哈。」
我不討厭樽見這種有著老實之處的個性。
我想和樽見拉開一點距離，她就說了聲「妳要去哪裡啊」把我叫住。我回頭時也望向周遭，發現附近就擺著一張摺疊椅。
「呃～我視力不好嘛，不近一點，就看不到小島身上的細節了。」
「這樣啊。」
細節？
雖然很疑惑，我還是照著樽見的指示坐上她準備好的椅子。
我現在呈現面對河川，背對河堤的狀態。水面的耀眼反光映入視野一角。
和我們有段距離，正揮動著釣竿的大叔，讓那團光芒產生了細微晃動。
「椅子，還有傘……打扮再多一點千金小姐的味道，應該會比較美吧。」
可是我沒有那種衣服啊。如果是日野的話，會有這種衣服嗎？……那傢伙有的都是日式服裝吧。
我坐著轉起傘柄。花瓣形狀的陰影在我頭上飛舞。
我這樣玩的時候，樽見似乎也已經做好準備，握緊了畫筆。她隔著一塊畫布凝視我，一

想到很長一段時間都要這樣，脖子就莫名癢了起來。而且頭也不能撇向別的地方。
「那，我要畫嘍～」
樽見對我說了一句彷彿要開始玩傳接球的宣言。
「儘管來吧。」
我也用強而有力的語調，回她一句好像要接住什麼東西的回答。
以進入藝術時光之前的對話來說，這會不會有些太粗野了？
不過，我也覺得這樣挺適合夏天這個季節的。
雖然只是我自己的印象，但我覺得夏天就是個粗野的季節，冬天則是很纖細。
樽見凝視著我，動起手來。不看著自己手邊沒問題嗎？我在這麼想著時和她四目相交，隨後她就立刻把頭縮到畫布後面。簡直就像安達一樣。
總覺得我身邊好像很容易聚集這類性格的人。
像是安達、樽見，還有我妹。三人同時在場的話，要牽手的時候就很頭痛了。
我只能祈禱她們三個不會有聚在一起的一天。
我看往放在樽見腳邊的各種道具和包包，對她說：
「我都不知道小樽有這種興趣。」
「嗯……畢竟我一個星期前才開始有這種興趣嘛。」
難怪我會不知道。

「真是銳氣十足的新人呢。」
我不知道自己這句話有沒有用對地方。
「沒問題啦。我們不是常常一起畫圖嗎？」
「啊……我們好像常在傳單背面畫圖嘛。」
記得樽見老是在畫鳥。我則是經常在畫點心。
這部分的差異之中，是否存在著彼此現在個性的根源呢？
「所以，我不會畫出慘不忍睹的小島……」
她偷瞄身為模特兒的我一眼。
「如果真的辦得到，就太好了。」
「真能那樣就棒透了。」
呵呵呵——我們對彼此露出笑容。我順帶轉了一下手上的傘。
連透進傘裡的少許光芒都在額頭上打轉。樽見看我轉完傘以後，又繼續開始畫圖。
要是圖畫得不好，妳也沒辦法把錯怪到模特兒身上喔，小樽。
是說，一個星期以前啊。是暑假剛開始的時期呢。
「會是暑假的美勞作業嗎？」
我想起小學時代的景象，只把眼神撇向一旁地笑了出來。視線前方的溪流不帶聲響地流動著。大概是連續好幾天放晴的緣故，流過附近的小溪已經見底了，但這條水量豐盛的溪流倒是看不見半點趨弱的跡象。
三天後的這一帶，想必也會變得很熱鬧吧。而我們也得參與其中。到時候我不能把注意力移開我妹她們身上，免得她們走丟了。我們有辦法好好看到煙火嗎？
自上一次看到以來就一直沒機會看的煙火，現在進化到什麼地步了呢？
我妹長大了，煙火變得更華麗，我的高中生活也過了一半。
這讓我深刻體會到時間的流逝。
樽見持續著手中的動作，對我說：
「話說啊，我想起來了。」
「想起什麼？」
「我想起小島妹妹的事情了……啊，正確來說是跟小島有關的事情吧。」
她露出臉來。燙捲的髮梢受到吹過河邊的風吹拂，輕輕隨之飄動。
「我在想，小島從那時候就是個好姊姊了呢。」
「是嗎？」
「嗯。我記得妳很疼妹妹。」
她那像是看著溫馨事物的溫柔語調，讓我的後頸有種不自在感。
就算是美好的記憶，若無法有共同理解，也只會產生困惑。
「……是嗎……」

想不起來。樽見說我很疼妹妹，是怎樣的疼她？

以前的事情在我腦中好比只剩下一小部分的破碎相片，只有斷斷續續的記憶。其中關於我妹的事情當然不多，但過去的我有著很強烈的觀念，認為因為她是自己的妹妹，所以必須要由我自己來保護她。不曉得是父母這麼吩咐我，還是被什麼東西影響了。

仔細審視「重視一個人」這件事，就會變得搞不懂，這到底是以什麼樣的感覺為根據成立的。

又不是只要一個擁抱，緊緊貼著對方，就是重視那個人。

「啊，如果妳口渴了，就跟我說喔。」

樽見側著身子伸手抓住直接擺在地上的寶特瓶。雖然上頭的標籤是又藍又清爽的那種，不過裡面裝的似乎是麥茶。裡頭有還沒融光的冰浮在中間，看來她是先冰好才拿來的。她真的在各種細節上都很貼心，而且重點還抓得很精確，讓我很佩服。

安達其實也常常花心思做些貼心舉動，但總是會有些偏離重點。我覺得應該是因為她想得太深了。雖然那樣也挺好玩，應該說還是我私底下的樂趣。

「……？我說了什麼奇怪的話嗎？」

「咦？」

「呃，因為妳好像有點在竊笑的樣子。」

樽見用手指拉起自己的嘴角。我也不至於露出那麼古怪的表情吧？大概啦。

「別在意，我只是想起一些好笑的事情。」
感覺之前好像也有過這種對話。我居然會不小心露出鬆懈表情，這樣不就跟安達一樣嗎？以後注意一點好了。
在那之後，我就一本正經地安分當個模特兒了。
「小島，看妳的臉變紅了，果然還是很熱嗎？」
「啊，不，嗯。」
脖子以上太用力了，反倒讓樽見操了無謂的心……會感覺腦袋靈活度直線下降，鐵定是因為天氣太熱——我把錯都怪在陽光上。
堤防另一頭有騎著腳踏車的小孩經過。那個人沒有撐傘，完全是曬傷的預備軍。
我大大吸進灼熱的空氣，適應這個夏天。
畫圖時，樽見大概是不想讓我無聊，提出了各種話題。我很佩服她有辦法手口並用，真厲害。途中，樽見這麼說了。
那是我問她怎麼突然想畫圖時的事情。
「這個嘛，這當然是想找機會和小島變得更親近的藉口……咳咳。這也是其中之一啦。嗯，不過我想趁現在把小島的模樣記下來。因為我們不知道什麼時候又會見不到面……呃，我是會努力不讓那種事情發生啦，可是也可能出現光靠我自己努力也無可奈何的狀況。要是真的變成那樣，我希望可以留下這種有形的東西。」

「……是喔。」

的確，我也有點同感。

有時就算感情很好，也沒吵架，還是會在不知不覺間漸行漸遠。

牢固的羈絆這種東西，可能無法成為穩固感情的黏著劑。遇到這種狀況的話，該怎麼辦才好呢？我想聽聽樽見對這件事的答案，也想了很多。

若要在不回顧過去，只凝視著前方時，不忘記重要的事情——

或許就需要「回憶」的協助。

我想著這些事，抱著「太陽下山前會結束嗎？」的疑問看往太陽。夏天的白天很長，應該沒問題吧——我一派輕鬆地這麼覺得。實際上，也沒花上那麼多時間。

我沒有看時鐘，不知道正確的時間，但我認為應該已經過了兩三個小時，好久。

「我……畫好了。」

「妳要……看成品嗎？」

樽見露出若有似無的微笑。仔細一看，就發現她的嘴邊正在抽搐。

她問了一個很恐怖的問題。

「應該沒有糟到不能看吧？」

「應該是吧，我希望是那樣。」

不知道她是沒自信，還是畫的圖就客觀來說不太能給人看。
我心中想一探恐怖事物的好奇心率先竄了出來。
再怎麼樣，也不會是我的嘴巴有七個那種超級大作。
一站起來，原本僵直不動的膝蓋內部就有股灼熱感化開來。我為那股化開的灼熱竄過皮膚的感覺感到一股寒氣，同時欣賞起巨匠樽見大師的作品。我繞到支架另一頭看向畫布。
「咦？」
哎呀呀——意料外的成果讓我很吃驚。
「怎麼了？」
「沒有，我本來還在煩惱要怎麼給妳坦率的評價，又不會傷到妳。」
「真過分耶。」
「不過妳比我想像的還要厲害，所以我白擔心了。」
她的畫工工整到我一眼就能看出這是我自己。不論是髮型、傘，還是椅子都很工整。我像是要玩大家來找碴一樣，不斷用手指指著哪裡有畫對。
她的畫可以看出頭髮的質感，傘不會太長，椅子也有陰影。和我在課堂上的塗鴉完全是不同境界。這是才開始畫一星期的人該有的技術嗎？我頻頻望向樽見。
「小樽妳該不會是天才吧？」
「呼哈哈！」

妳那豪邁的笑聲是怎樣？她笑完就馬上嗆到，撇開了視線。

「老實說啊，我其實畫了不只一個星期。」

「嗯？」

樽見尷尬地抓抓脖子。

「自從冬天遇到小島以後，我就一直在練習。我這裡有我們以前一起拍的照片，就……一直看著照片在畫。」

對不起——樽見低下頭來。呃，我覺得這個謊沒有嚴重到需要道歉啊。

不過，這樣我就懂了。

「這樣啊，難怪會這樣。」

我和變成一幅畫的我四目相對。

「難怪？」

「嗯……我就覺得臉看起來很像小孩子。」

天真無邪的表情簡直就像社妹一樣。那表情毫無防備到反讓人擔心起來。

現在的我不可能露出這種表情。小樽妳到底是看著哪裡在畫的？

在現實世界流著薄薄一層汗水的我乖乖坐在那裡，真的有意義嗎？

雖然這幅畫令人心存疑問，但無疑是幅傑作。我把有些太過可愛的我還給樽見。

「謝謝妳把我畫得這麼可愛。」

是因為在朋友的眼中看起來會比較可愛之類的嗎？

「咦，沒有，完全不會！」

樽見猛力搖頭。

「哎呀，妳的意思是我不可愛啊？」

「不是，我不是那個意思。該怎麼說好呢……小島本人比照片有……有魅力多多？有魅力多多了！」

樽見低著頭這麼說，她大概是在誇獎我。

可是妳說有魅力多多……魅力多多？

「所以我正在……努力讓自己畫得……更接近實際上的小島。」

抬起頭的樽見張大了眼睛。她揚起下巴，變成了很奇怪的表情。

樽見有如順著抬頭的力道般抓住我的手。她的手包覆住了我的手。

「下次可以再請妳當我的模特兒嗎？我想把筆下的小島畫到我能接受的程度。」

樽見握緊我的手，對我提出請求。她相當熱情，甚至滲出手汗。

雙眼也很濕潤，好像有什麼東西爆發了出來。

「呃，嗯。」

被樽見的熱情？壓制住的我點了點頭。這時候問「為什麼是畫我？」，會不會太不識趣了呢？

這座城市裡有很多事物。充滿了各種物體和人。
在這樣的情況下，樽見卻說想要畫我。
雖然不太懂，但大概就是這麼誇張的狀況吧。
樽見像是感受到我覺得很熱一樣，放開了手。
接著，她有如是要冷卻那雙手的火熱似的，用有些偏尖的聲音提議：
「還有，回去的時候要不要吃個冰？這個主意……怎麼樣？」
「啊，不錯耶。」
我感覺到一股臉頰融化般的笑意。我這種開心法，簡直像為了在最後拿到點心，而忍受著無聊活動的小孩……雖然不是那樣，但也相差不遠吧。
收拾好隨身物品以後，我就和樽見一起走上堤防。
途中，斜斜射下的陽光推起我的肩膀。
就好像重力會發出耀眼光芒一樣，這道陽光帶有一股重量。
我暫時沉醉於只有夏天才能感受到的季節性錯覺當中。
「小島？」
樽見對停下腳步的我說。
隔了一小段空檔，我才笑了出來。
「我只是在想，現在真的很有夏天的感覺呢。」

我張開雙手，轉過身。
就有一片既鮮豔，又很乾燥的藍色天空迎接我。
我揮動自己毫無防備地張開的雙手，想要去抓那天空的表面。
手中傳來風吹進指甲之間的觸感。
這或許就是天空摸起來的感覺。

我察覺有東西忘在教室，是那一天的中午。
雖然不至於嚇得面色發白，但我就這麼抓著書包，僵直了一段時間。
我忘記的是筆記本。結業典禮帶這種東西來是很奇怪，不過，那不是一般上課用的筆記本。是島村筆記本。
至於裡面寫什麼，從筆記本的名字來看就知道了。
現在是暑假，不會有人去教室，應該不會被人看到。但萬一被人看見……不對，「被人」看見是無妨。老實說被其他人看見沒差，不過要是出現某種命運的惡作劇，演變成被島村看到的事態，我就要見血了。我覺得以衝擊的力道來說，血應該會從耳朵噴出來，或是整顆頭噴掉。我很確定其中一種狀況一定會發生。
尤其那件事，被看到就慘了。光是回想，我的心臟就揪了起來。我睜大的雙眼立刻變得乾燥。

我心想島村也會來結業典禮，就帶來了。這就是我忘記筆記本的理由。

那，該怎麼辦呢？要去拿，還是就這麼擺到假期結束？

暑假也有社團活動，應該是進得了學校，可是能進到校舍裡面嗎？是有老師的允許就可以進去，還是一樣不行呢？我不曾在假日去學校，不知道該怎麼做才好，也沒有認識可以問這種問題的人。我煩惱該怎麼做一陣子後，發現自己在途中就已經站起來做出門的準備了，看來我是打算先出去吧——我像是看著別人一樣理解自己的行動。

我決定先過去再想想要怎麼做。

家人不在家，於是我獨自走出門。平常就是這樣了。我解開鎖，騎著腳踏車出門。

騎了一小段時間，曝曬在陽光底下的我才後悔應該戴頂帽子。夏天會熱到什麼時候呢？

我不禁思考起這種沒有意義的事情。這種日子果然還是在晚上出門比較好。要是有祭典的燈光就更好了。要是島村在身旁一起走著……就更好了。

「……………………」

雖然不是要先勘查地形，但既然都出來了，我決定稍微繞點路。

我離開上學路線，騎進面向週末煙火大會會場那條河川的路。到了夜晚，這條路會排滿暖色系的攤販，而我也要到其中一個攤販幫忙。先不管參加的形式，我很久沒來祭典了。

之前是跟家人一起來的。雖然不太記得了，但我記得人群中很悶熱。而且煙火的光輝並沒有在我心裡留下印象。我不是不在意煙火，可是就是有這種感覺。

煙火散發的火花，沒有散進我的心中。沒有在我心中燃起火花。

那樣的我，現在卻為煙火大會雀躍不已。明明還沒有明確的約定，而且也對沒辦法在最快到來的大型祭典實現深感失望，卻有某些因素讓我心感煎熬。這全是島村帶來的影響。

要是和島村一起去祭典……我不禁停下腳踏車，開始想像那個場面。

即使身處很有壓迫感的陽光之下，我還是把車停好，走下腳踏車。

「假設這裡像這樣……」

假設島村站在這裡……我揮手畫出了島村的身影。在我這麼做的途中，我開始可以看見想像中的夜晚，也有排排攤販（虛擬）化作河川的背景。畫面顯現得相當迅速。我真是病得不輕。

我和島村並肩走著。可是周圍人很多，所以我們牽起了手，避免走散。主動牽手的人大概是我。然後島村看到我這樣，會說「真拿妳沒辦法耶」，再笑著允許我牽她的手。我們的浴衣衣袖相互摩擦。而我會覺得連腳底都有大量的血流竄過。

我偶爾用手指摸著和島村一對的髮夾，和島村一起走在夜晚的道路上。我們以淡淡點在空中的燈光作為指標，順著人潮走下去，而不是逆向而行。路上人擠人的，但不曉得是否就是因為人太多，我們的距離比平時更近一步。有時，我跟島村的肩膀會彼此相觸。

把頭髮盤起來的島村露出了她的後頸，從那傳出不同於平時的氛圍讓我感到困惑，卻也

吸引我的目光。那嘴角露出淡淡微笑的側臉，突然亮了起來。

煙火一個個打上天空。

交錯的光之漣漪接連照亮我們。

那在夏天的夜晚當中，會成為點綴島村的最棒裝飾。

「…………………………」

嘰——嘰——嘰——

附近明明沒有樹，我卻聽到蟬的叫聲。

我想到這裡的時候，已經是滿身大汗了。

白天的光芒烙進眼裡，使我眼前的景象呈現綠色。

視野被現實的景色給占據。我連忙回到剛剛走下的腳踏車上。

重新騎起車的我腦中，依然殘留著剛才的祭典風景。

要穿什麼去好呢？夏日祭典果然還是要穿浴衣吧？嗯。

我決定回程繞去購物中心買浴衣。有事前準備，就不用擔心了。雖然很想看看島村穿浴衣的模樣，但我猜她會覺得麻煩就不穿。跟她說我想看，她會穿嗎？感覺她好像會接受，又好像行不通。這個願望有點微妙。

河灘上除了釣魚的人，還有握著畫筆在畫圖的女孩子。另一個女孩撐著黑傘，背對著我這邊，所以看不到她長什麼樣子，不過畫圖的女孩似乎是以她當模特兒。天氣這麼熱，虧她們有那個閒情逸致耶——我側眼看了他們一下，又立刻看往前方。
總覺得站在畫布前面的女生好像在哪裡見過，但我沒辦法立刻想起來是誰，所以又立刻把她的存在拋在腦後了。想必是沒必要記住的人吧。
再說，以我的角度來看，又有幾個人是必須記住的呢？
或許連特地用上一隻手來數都沒有意義。
經過一段繞遠路的路程，頭髮被曬得發熱的我來到了學校旁邊。我先聽到像社團活動喊口號的聲音，隨後也冒出蟬的叫聲。不知道牠們是不是都停在種在校內的樹上，聽起來比在家裡聽到的更多聲道。好像就在我頭上飛舞鳴叫一樣。
從正門進到學校後，我就跟平常上學時一樣把腳踏車停到停車場。停車場當然是空空如也，不過我沒有把車停在最近的地方，而是像平時那樣照著分班的區塊停。比起效率，我反倒會選擇照著習慣行動，尋求穩定的常態。這或許就是我的個性。
我離開腳踏車之後，就沿著建築物走，以避開操場的視線。雖然被看到也不會怎麼樣，但我就是莫名想要躲起來。沿著牆壁走著走著，來到了校舍門口。我沒有知會老師一聲，不過還是抱著試試看的心情伸手拉門，看能不能打開。
門很沉重。卻意外乾脆地敞開了。原來沒上鎖啊——我一下拉，一下推著門。
我往左看，又往右看，觀察周遭。沒有人煙，只有吵鬧的蟬叫聲。
我不知道進去會不會怎麼樣，但可以走進去。於是我決定默默進到校舍裡。

脫下的鞋子我沒有擺進鞋櫃，而是帶著它走上樓。經過樓梯間的窗戶前面時，我還是有彎起膝蓋，半蹲著走過去。把鞋子夾在腋下用這種姿勢走路，簡直像小偷一樣。感覺被人看到會招來不必要的誤會，我就加快了腳步。

毫無人煙的樓梯，還有走廊。獨自默默走著，就會覺得窗外的景色像假的一樣。沒有聲音，只有延展到遠方的藍天和雲彩，這幅景象實在很像別人畫出來的一幅畫。

我不喜歡團體生活，但我知道學校是有人存在，才會有意義的地方。

沒有人在裡面，學校就不會變成有生氣的地方。

我就這麼赤著腳迅速前進，途中突然聽到腳步聲以外的聲音。別的樓層有人在活動的聲響，看來校舍是因為文化系社團才有開放。原來如此，原來如此……我迅速走著。或許只有我們學校會這樣，不過也太沒戒心了。這時期沒有人，也應該沒什麼東西好偷，可是有我這樣的人會混進來。

我走進教室。一打開門，原本被關在裡頭的熱氣就出面迎接我的到來。高密度的夏日氣息急遽包覆我的身體，擦個臉都覺得可以擦掉斗大汗珠。只是隔著一扇門，卻和走廊有極大的溫差。我很怕這股熱氣一直累積下去，會不會變成更大顆的火球，但我發現在變成那樣之前，夏天就會結束了。夏天的炎熱有如象徵著永恆，但等回過神來，就已經轉變為秋天的涼爽天氣了。

我走進只有我一人的教室，直直走到自己的桌子這裡，彎下腰來。我彎著身軀看往裡面，

為筆記本還留在原處感到放心。島村筆記本平安無事，沒有被人碰過的跡象。

確定筆記本沒事後，我翻過內頁，確認那些重點內文。

看到光是回想就會讓心臟縮起來的原文那一刻，我感受到一陣暈眩。

果然被島村看到這種東西，我的頭一定會噴掉。這已經不只是很難為情的問題了。

更大的問題是，我應該會遭遇很恐怖的下場吧。也就是……島村會討厭我。會想要遠離我。現在我最害怕的是這種情況。大概是因為比自己可能死掉還要有現實感，恐怖程度也更上一層。

所以，我以後再也不讓筆記本離開我手邊了。

我闔上筆記本。

為避免再次發生這種事情，必須用心保管它才行。

我在心裡如此發誓以後便轉過身，打算早點離開校舍。離去途中，我的雙腳在島村的座位前面停了下來。我看往她的桌子裡面，看看有沒有忘了什麼東西。裡面什麼都沒有，甚至沒有半點灰塵。

就在我把彎下的頭重新抬起來時，我突然想起一件事。

「……話說回來……」

那是我以前跟島村在體育館二樓談過的事情。

那時候的我意外的能夠正常跟島村說話。我現在甚至覺得那根本不是我。

……先不管這個，島村曾說：

『我想在沒有人的教室裡面做一些惡作劇。』

我那時只用一句「是喔」帶過，如果是現在，我完全無法那樣面不改色地回答她。

我回想過去，環抱雙手。島村會想到什麼樣的惡作劇呢？我被做過的惡作劇有……把下巴放到我頭上。除非下巴或頭皮變長，不然一個人根本做不到。

我一邊在桌子之間走來走去，一邊思考。我想事情的時候會有很類似習慣，一直走來走去的動作。

一定是我的腳也跟頭一起在空轉。

走了一陣子，流下的汗水讓我停下腳步。

其實也不用侷限於惡作劇。

我把視野放寬，用整體視角看著島村。

如果島村在這裡，她會想什麼？

平時的島村充滿了謎團。但現在，我在認真思考著這件事。島村筆記本就是我努力的成果，也是平常的我。雖然好像都會想得太深，搞得自己總是在原地打轉。

一陣流過下巴的熱霧。我用手指觸碰下巴，找到了答案。

如果島村在這裡……

她應該……會覺得很熱吧。

她會先想辦法處理這股悶熱。察覺這一點的我動起雙腳。走到窗邊，打開窗戶。

我把一整排窗戶——

全部打開，改善教室裡的通風。

這同時也是一種惡作劇，真是一石二鳥。呃，要離開教室前是會先關好啦。

我離開窗邊，站在教室中央一帶。來自外面的聲音像是期待窗戶敞開許久一般，闖進了教室裡。原本關在教室裡的空氣因此被打亂，而我的肌膚也感受到那股亂竄的氣流。

我想再做一件壞事。

我坐上桌子，伸直雙腳。要是教室裡有人，絕對沒辦法這麼做。

身體像是受到重力拉扯般下沉，我大大吐了口氣。

耳裡傳來耳鳴和血液流動的聲音。

如果島村在這裡，她會笑剛才的我嗎？

太陽被雲朵遮住，讓陽光在短時間內變得和緩。影子彷彿一道光芒，射進教室。

原本默默垂著的窗簾，被趁隙輕輕吹動。

這景象告知了風的來臨。

我張開雙臂，用全身感受那股空氣。

那陣風依然溫熱，但是——

我還是一邊祈禱身體能夠因此變得輕盈，吸進了這陣奔往未來，毫不停歇的風。

祭典當天。
我將會看見蔚藍。

「今天我會在外面隨便吃，就不回來吃晚飯了。」
我早上先這麼聲明，正在磨細麵用的生薑的母親就雀躍地說：「好耶！」是說，中午又要吃細麵啊。雖說是父親在中元節收到的禮物，可是這種生活到底要持續幾天呢？
「妳也要去嗎？」
母親這麼詢問妹妹。看到我妹「嗯」地點頭，母親就發出「唉～」的奇妙嘆息聲。
「天氣這麼熱，虧妳們還想去人擠人啊。」
就是說啊。
「因為我們家又看不到煙火嘛。」
「但是聽得到聲音吧？總之，小朋友就交給妳帶嘍，姊姊。」
母親輕敲我的肩膀。她是看穿了我現在的心情，還故意這麼做的。

我母親的個性真惡劣啊。而且不知道是不是因為她最近幾天都有去健身房，感覺肩膀附近看起來很結實。

母親做出展開衣袖的動作。

「對了，妳們要穿浴衣去嗎？」

「浴衣？」

「說到祭典，不是就是要穿浴衣嗎？」

「啊～嗯，浴衣啊。要穿嗎……」

感覺要特別換衣服太大費周章了。有種好像不是很想穿的感覺。就算想幫拖在那種心情後面的感覺取名，也不知道該怎麼取。

「啊，我想穿～」

我妹舉起手來。社妹則是先左右觀望，才「哇～」地跟著舉起雙手。

原來妳在啊。

「先說好，這不是妳舉手就有點心吃的事情喔。」

「……哇～」

她無力地把手縮回去。

「再說，我們家有浴衣這種東西嗎？」

「當然有。」

母親不知道為什麼扠著腰，一副很了不起的樣子。

「是我以前穿過的。我有留下來，應該還能穿吧……大概啦。」

不知道是不是說著說著就開始感到不安了，母親用小跑步前往擺著衣櫃的房間。然後又立刻回到這裡。她的腳程莫名快速，這也是去運動健身房的成果之一嗎？

她拿來的浴衣有兩件，摺起來的紅色和淺蔥色浴衣疊放在一起。我看不見上頭的花樣。兩件看起來都有點褪色，不是很鮮豔。

「我有做防蟲措施，應該沒問題吧……應該啦。」

「妳幹嘛一直激起別人心裡的不安啊？」

母親把浴衣遞給妹妹。我妹先展開紅色那件浴衣，面露笑容地「哇～！」了一聲。

「這衣服真奇怪。」

從旁看向浴衣的社妹說道。先不論衣服，妳的帽子也好不到哪裡去。

社妹戴著一頂很像用樹枝編成的細長帽子。可以看到樹枝之間有稚嫩的葉子和藤蔓，看不出那到底是人工製造的，還是真正的植物。再加上她自己的髮色，讓她看起來幾乎跟童話世界的居民沒兩樣。為什麼這種奇幻世界的人會出現在我家，手裡還拿著煎餅呢？

「小社也想穿穿看嗎？」

「了解一下地球人的文明也不錯。」

那就馬上來穿穿看吧——我妹拉住社妹，制止想要穿上紅色浴衣的她。

「小社比較適合藍一點的衣服啦。」

「才不會吶。」

「會吶。穿上去就知道了～來吧～」

「呀～」

妹妹展開淺蔥色的浴衣，追著逃跑的社妹。她們兩個好像都不是認真要追人跟逃跑，不斷在房間跟走廊上跑來跑去。天氣這麼熱，虧妳們有辦法這樣到處跑耶。像我光是沒有站在電風扇前面，就感覺到自己在冒汗了。

母親看著我妹跟社妹的追逐戰，誇張地發出「唔……」的嘆息。

「怎麼了？」

「那孩子跑步的姿勢跟妳一模一樣呢。」

「啊？哪裡一樣了？」

「跑步的時候會把手伸到前面這一點。」

「……………………」

「那是妳更小的時候的事情了。妳不記得了嗎？」

「……忘了。」

我撒了謊。感覺額頭有點發熱。

「妳那時候好可愛啊。」

「好好好，我現在一點也不可愛，真不好意思喔。」

「嗯。」

母親很平淡地老實點頭。真希望妳可以再……留情一點？還是怎麼樣。

「妳可要好好反省喔。」

煩耶。

「那，妳也要穿浴衣去嗎？」

「我就不用了。我就用平常的打扮，很普通地去逛就好了。」

因為老實說，我面對祭典這方面的心態也和母親一樣。

而且，我也不討厭在自己房間發呆，聽著遠遠傳來的煙火聲。

就算只有聲音，還是能在腦海的某處感覺到那繽紛的光芒。

「喂~要吃麵了，快回來這裡。」

「好~」

跑回來的社妹不知何時已經穿上了淺蔥色的浴衣。

的確，比起紅色，她穿冷色系比較好看。

接著，她就很理所當然地一起坐下來準備吃午餐。

「冷麥麵真不錯呢。」

我稍微想了一下細麵跟冷麥麵哪裡不一樣。

我就這樣度過看紅色跟淺蔥色的小孩吵吵鬧鬧，偶爾也被拖下水的時光，最後時間來到了傍晚。噴過防蟲噴霧，防蟲準備就萬無一失了——我正在噴的時候，發現大腿側邊早已經有一個被蟲咬過的痕跡。一用手指去抓，就癢起來了。這樣也叫作自找麻煩嗎？

走到外面，就聽到了都叫不膩的蟬的叫聲。白天的蔚藍還沒完全退去的天空中，高掛著藍色的月亮。今天的月亮沒有耀眼光芒，可以清楚看見表面上的凹洞。這種白天較長的時期常見的現象，會讓人覺得月亮比平時更接近地球。感覺月亮隨時都會墜落下來，害我忍不住抬頭去看。

我從以前就在想，真想在死之前至少去一次宇宙看看。

我想試試在無重力的世界睡到飽。

體驗那種世界的時候，得以解開身上其中一個枷鎖的知覺會有什麼感覺呢？

在沉悶又令人全身無力的炎熱天氣下，唯獨我的夢想觸及了月球。

走在旁邊的社妹理所當然似的緊緊牽住我的手。

被這麼一握，那隻手傳來的柔軟，就讓我心靈防備較弱的部分鬆軟地凹陷下去。

不曉得該說她是很親近人，還是真的天真無邪。她身上的顏色，似乎也一樣會讓我產生把手直直伸進清水裡的錯覺。不知道這個自稱外星人的傢伙，有沒有接觸過月球呢？

我看了剩下的另一隻手一眼，「來吧。」就把手伸到跟社妹反方向的那一邊。正如預料地立刻和我對上眼的妹妹很反彈地說：「要……要幹嘛啦……」包覆她慌張小手的紅色浴衣上頭的蝴蝶圖案，也隨著動作起舞。她今天也改成把頭髮盤起來的髮型，看起來比平常成熟。不過內在還是一如往常啦。

我伸著手等她，不久後，她就戰戰兢兢地抓住我的手。這個動作讓我聯想到釣魚，想起了日野拉起釣竿的景象。

「釣到了釣到了。」

對收穫很滿意的我舉起手來，隨後我妹就喊著「唔嘎——」對我的屁股使出頭槌。

「我要給妳懲罰。」

「唔嘎——」

就不說是什麼樣的懲罰了。懲罰完以後，我們三個便一起出發。

從這裡到放煙火的那條河有段不短的距離。如果我家離車站更近一點，那還可以考慮搭公車，偏偏實際上距離不算遠也不算近。

「……話說回來……」

冬天的時候好像也有過這種狀況。記得那時候是跟日野見面吧。

今晚的祭典她會來嗎？真要來的話，永藤應該也會一起吧。

她們兩個真的總是黏在一起。都不會膩嗎？像是對彼此的臉、聲音和舉動感到厭煩。她們不覺得和彼此相處很麻煩嗎？不對，大概只是會這麼覺得的我太無情了。

畢竟人不會對家人厭煩，日野和永藤之間的關係說不定也在家人關係的延長線上。

家人關係的延長線上……總覺得好厲害啊。朋友關係居然能比家人間的感情深厚。

想到日野、永藤，接著浮現腦海的就是安達了。

也約安達一起來是不是比較好呢？我這麼心想，看向左右兩邊。

「嗯……」

要是聽到我妹、社妹跟樽見也在，她大概不會來吧。

雖然沒什麼實感，不過我和安達有一年的交情，對她的個性也有一定程度的了解。畢竟安達是個沒有協調性的人啊……團體裡有這樣的人在，大家都會留下不好的回憶。安達是屬於理解這一點的人，反倒可以說她算有良心的。

雖說安達是這樣的人，她卻常常向我撒嬌。

對安達來說，我應該是比周遭人更有親切感的人吧。

她為什麼會這麼中意我呢？就算想問問當事人，我也只想像得到她不知所措的模樣。

我不小心稍微笑了出來。

不過，就算不現在約安達，我們應該也還有其他一起逛祭典的機會。我們前陣子才談到這個，夏天又很長——我決定輕鬆看待這件事。

難得放假還把行程擠得很滿，實在太可惜了。

暑假才剛開始而已。

……我每年都覺得，一回過神來暑假就結束了是件很哀傷的事情。

隨著我們接近煙火大會會場所在的河邊，人潮就漸漸聚集在同一條路上。我望向那片人潮，對有很多人穿浴衣前來感到驚訝。尤其女孩子幾乎都是穿和服，讓我訝異地看了看自己的打扮。有人因為晚上也很熱，就只穿了普通的T恤跟短褲來喔。

算了，沒差。我更在意的是愈來愈多的人潮。

「妳們要好好抓緊我的手喔。」

要是走散了，要找她們也得費一番工夫。雖然社妹感覺就算被人潮淹沒，也會散發著光芒啦。

「我又沒有妳想的那麼像小朋友。」

「我握我握我握。」

她們表面上的反應完全相反，但兩隻手的力道都加強了。

我們經過很大間的飯店前面，看到人潮漸漸往公園的方向流動。因為沒有要收錢的觀賞區，所以占位子的情況極為混亂。有很多人一大早就來占位，這時候才悠悠哉哉地走過來，好位子大概也早被搶光了吧。我個人是不打算參與大家對於搶位子的熱情。

既然煙火都會打上高空，那待在遠處欣賞就好了。

雖然現在什麼都看不到，但我聽得到空氣振動的聲響。

「……啊，找到了找到了。」

我在人潮的邊緣，也是大樓延展出來的影子當中找到樽見的身影。

她正在用手機。是想打電話找我嗎？

我現在才察覺我們有大致約一個時間，卻沒有決定會合地點。不過知道從我家到河邊的路的話，也只要在途中等我就好了嘛。小樽真聰明。嗯～不過，其實只要打一開始就講好會合地點，就不會有問題了啦。

「喔～小——島——……」

樽見也發現我來了，便收起手機向我揮手。她揮著手鑽過人群走來。在跟別人距離很近的時候比較一下，我才又深深覺得她真的長高了。

「島～」

「在這裡～」

我們在近距離下互相揮手。我笑說「這是怎樣？」後，樽見臉上也出現了笑容。

樽見是穿浴衣過來。牡丹花的圖樣在攤販的燈光下增添了幾分色彩。再加上她綁得又長又不會緊繃的頭髮，讓我心裡率先冒出「啊，我常在流行雜誌裡看到這樣的人」的感想。

可是，這樣就只有我不合群了。感覺好像被拋在一邊，還是該說提不起勁……算了，反正平常就是這樣了。

「呃……這邊這個是小島的妹妹對吧。」

樽見輪流看著左右兩個小朋友的髮色，最後把上半身傾向我妹的方向。從不會以為社妹是我妹這點來看，樽見是個正常人。我妹握手的力道跟角度告訴我她現在正感到畏縮。

「好久不見——不過妳應該不記得我了吧？呃，小學的時候我常到妳們家玩。」

樽見擺出想討好我妹的笑容，指著自己的臉。我妹好像完全不記得了，沒什麼反應。

「哈哈哈，嗯。那就當作是初次見面就好，多多指教喔。」

「好。」

旁邊傳來一聲「好」，讓我肩膀顫了一下。她一臉正經地說了「好」。

竟然戴起好孩子面具，看來祭典的面具攤販沒得賺了。

我妹從手的動作察覺到我的反應，就喊著「唔嘎——」往我的屁股以下省略。

我也對她進行懲罰以下省略。現在兩手都沒空，要懲罰她挺費力的。

「那，這邊這個就是妳說的『其他人』？」

就是那個其他人——我點頭肯定。接著，那個其他人開始向她做自我介紹：「我叫知我麻社。」

對喔，妳叫這個名字——這時我才想起完全遺忘了的那個名字。

我對她的感覺就是「社妹」，對我妹來說則是「小社」。

「啊，這樣啊……妳的頭髮真誇張呢。」

樽見小心翼翼地彎腰去碰社妹的頭髮。樽見之前應該也有見過社妹一次，難道她那時候沒有看見社妹嗎？那她到底在看什麼……啊，是在看我吧。

雖然都過這麼久了，我還是會有點不好意思。

「那我們走吧。」

可是看起來不太好走耶——我伸長身子觀察我們要走的路。眼前已經形成了人牆，而最恐怖的是那道牆會緩緩流動。我們得加入這群人啊……這景象讓我感到退縮。

有這麼多人，對蚊子來說應該是大放送吧。

隨著我們的移動，最大的煙火——太陽也漸漸遠去。它就這麼在傍晚留下自己帶來的炎熱，跑去獨自納涼了嗎？明明連小孩子都還會收拾自己弄亂的玩具……我吸著溫熱的空氣，露出苦笑。太陽是比地球還要年長許多的大人，真希望它可以學學怎麼控制力道。

「嗯？」

樽見看著我的手邊。是社妹一直握來握去的那隻手。

「怎麼了嗎？」

我一這麼問，樽見的上半身就跳了一下。我在她的反應方式上看到了安達的影子。

「沒有，只是在想小島現在也很有姊姊的風範。」

「是嗎？」

記得之前也被日野還是誰說過這種話。說我很有姊姊的樣子之類的。

但要我當社妹的姊姊，可就傷腦筋了。老實說，我覺得自己不適合站在「姊姊」這個立場上。我有自覺自己不是適合那種立場的個性。

「大概就是現在跟以前不一樣，變得很成熟的感覺吧。」

「總覺得妳講得有點假耶。」

她的話聽起來沒有誠意。而且眼角跟臉頰也有點抽搐。就好像是把自己的真心話藏在這段謊話底下一樣。我盯著樽見等待反應，而樽見避開的目光大約在繞了道路一圈以後，才又回到我身上。

嘿嘿嘿——她像是在掩飾害羞似的抿嘴笑說：

「呃，我是在想小島的手真受歡迎呢，還要預約……」

「手……啊，妳說這個啊。」

我舉起牽著小朋友的雙手。我現在確實沒有多的手了，難道她想牽嗎？大家到底對我的手抱有什麼期待？

「早知道就直接到小島家接人，是不是比較好呢……」

樽見雙手抱胸地深深低吟。她的眼角跟眉間擠出了皺紋，似乎不是在開玩笑。

我這才察覺她說的也對。約在其中一個人的家集合，要會合就簡單多了。

沒有立刻想到這個主意這點，令我感覺到歲月的流逝。

怎麼說……我想不到要怎麼形容，該說我們彼此都長大了嗎？

「那麼，我的手借妳吧。」

社妹把空著的右手伸向樽見。

還以為她只顧著玩耍，結果突然就介入話題，讓我稍微嚇了一跳。

「啊，好。謝謝妳。」
樽見人也挺好的，她雖然很困惑，卻還是牽起社妹的手。
兩手被舉高，像在擺「萬歲」姿勢一樣的社妹就這樣利用我們兩個掛在空中。不要趁機偷懶啦。
社妹這樣好像好久好久以前被黑衣人帶走的外星人一樣。
哈哈哈哈——我和樽見在社妹頭上尷尬地對笑。
「呃~她也不是壞孩子啦。」
大概吧。當事人應該連釋出善意的意思都沒有，只是照實遵守大人對小孩說「有人遇到問題就要出手幫助」的教導而已吧。沒有考慮到得失跟善惡。
在這連小孩都會打如意算盤的年頭，很難得有她這樣的人。也可以說她異於常人。
「嗯……不過，我還真沒想到小島會來耶。」
樽見握著社妹的小手，感慨萬千地說。她聲音中帶著既深沉，又很大的嘆息。
「妳為什麼會這麼想？」
「以前就算了，現在的小島很怕麻煩……啊，沒什麼沒什麼。」
樽見大概以為說了我的壞話，在自己的嘴巴前面揮了揮手。
「我並不是想說妳……是懶惰蟲……」
「是喔是喔。」

我很好奇她想自掘墳墓到什麼地步，決定繼續看她會有什麼反應。

是說，我前陣子不是才去當妳畫圖的模特兒嗎？

「該說是很隨便……不對，不是這個。很難搞、不愛出門，呃……啊～不行，我想不到要怎麼講。」

樽見陷入話語的迷宮中，苦惱了起來。看她這樣，總覺得有點好玩。

不過，妳想到的每個詞都挺恰當的喔。若我這麼對她說，再純真地笑出聲，能多少喚回我們以前相處的那種氣氛嗎？我感覺到有這樣的機會，卻無法下定決心實踐。

因為我不覺得變回以前那樣是多好的事情。

如果我們之間真有不會缺損、不會腐朽的某種真正的寶物，那就算不用變回以前那樣，應該也能找到它。

「喔～！喔～喔～」

社妹突然開始跳來跳去。她一直到剛才都還掛在空中，到底是踩著哪裡跳起來的？

「有股好香的味道呢～」

明明離攤販在的那條路還有一大段距離，社妹卻挺起了她的鼻子。連這種不怎麼特別的地方，她都會偷偷有超出常人的表現。她奇怪的不只是外表，連內涵也很奇怪。和這個奇怪的女孩手牽手去夏日祭典，也可以說是種不可思議的緣分嗎？

先不管這個，我妹好安分。我確認了一下她有沒有走散，確定手也還牽著。她也沒有低下頭，就只是默默地走著。她跟陌生人在一起的時候，大多是這個樣子。

我舉起手，沒來由地戳戳她的臉頰。臉頰凹下去的妹妹皺起眉頭。

「幹嘛啦。」

「妳太安靜了，我以為妳想睡覺。」

感覺不理妳一下，就太可憐了。

如果這麼說，我妹會擺出什麼表情呢？我覺得「義務感」是最不能在家人身上感受到的東西。所以「因為是妹妹，所以要照顧她」這點好像沒有錯，卻又讓我覺得好像哪裡不對勁。

雖然這樣的因果關係沒有錯，可是就這樣下去好嗎？

走到河邊那條路時，人已經太多了，一定要排成一排才能前進。但是我也不能放開手，所以就變成兩邊肩膀被往後拉的姿勢。用肩骨突出的姿勢走路，跟周遭人的接觸必然也會變多。這絕不是件令人開心的事。

雖然讓人很憂鬱，但這時候有金色的粉末灑了下來，就像一道希望之光。

連續飛上天空的煙火把金色粉末灑在空中，看到視野一角出現那些光芒，意外地也轉移了我的注意力。

我到底幾年沒有直接仰望過煙火了呢？

「小社～這就是煙火喔。」

原本一直不講話的我妹，用有些高高在上的語氣對社妹解釋。

「喔～」社妹半張著嘴，抬頭看向金色的粒子。

空中綻放的花朵，在外星人眼裡是什麼模樣呢？她找得出當中的價值所在嗎？

……我半開玩笑的。

鮮豔亮麗的火花消失後，又有新的火花接連不斷地產生。親眼見證比高掛天空的月亮更近的星辰誕生，連我這樣的傢伙也會忍不住心感雀躍。

我們像是受到煙火吸引般前行，在看到路上一整排擠在一起的攤販後，社妹就開始興奮起來。

「喔——！」

很明顯比起煙火，她對攤販更有興趣。

「島村小姐、島村小姐。」

「我知道啦。」

她不斷拉我的手。因為也要在這裡吃晚餐，我不會強硬地拒絕她。

在去攤販那邊之前，我先問了樽見的意見。

「我們可以去那邊看看嗎？」

「嗯，反正我也還沒吃晚餐。」

這樣正好——樽見說著，便看向攤販。我抬頭看她的側臉，在想——

她該不會一直在那個地方等我吧？不可能吧，她又不是安達。

「香味的來源就是這裡吧。」

社妹的鼻子在她說的攤販前頻頻聞味道。那裡有紅色的屋頂，還有被燈光照亮的橘色。在數個配色有如大燈籠的一排攤販當中，只有這間擺著表達強烈自我主張的大型招牌。

「開運章魚燒？這是什麼？」

因為看見奇怪招牌而稍稍停下腳步的瞬間，攤販裡面有人走了出來。雖說現在是晚上，那個人卻在這悶熱的時期裡穿著看起來不太透氣的衣服。那是名身上衣服很像長袍，袖子很長的女性。

看著她那在雪白肌膚上很顯眼的紅頰，與其說會聯想到章魚燒，更會聯想到蘋果糖。

「歡迎光臨。」

「啊，我們不是……」

「這個章魚燒啊，一盒八顆裡面只有一個有放章魚。」

「喂喂喂。」

看看妳的招牌，招牌——我指著招牌。但她沒有理會我。

「抽到那一顆的幸運兒呢，可以到旁邊免費抽籤。」

來吧來吧——她強調著放在一旁的道具。那怎麼看都是滾筒摸彩箱。

「而抽籤抽到大吉的人呢，可以更幸運地得到免費手相占卜的機會。」

「…………」

「而手相占卜的結果不太好的人呢，可以再買一盒章魚燒轉運——」

「好，我們去下一家吧。」

「哎呀。」

真危險真危險。熱鬧的地方也會有這種攤販混進來，實在大意不得。

「那麼，我就給妳一個忠告吧～」

「咦？」

原本跟我隔著一個攤販的女性，不知道什麼時候已經來到了我旁邊。

難道她是跨過攤販過來的嗎？我為她一反打扮和普通長相的出色行動力感到吃驚。

而且，妳為什麼要跟過來啊？

「妳有犯女禍的徵兆喔。」

「…………………………」

轉啊轉的，女性比出的食指在我的額頭前打轉。

這人突然在說些什麼啊？她剛剛還有提到手相占卜，是占卜師嗎？

「我是女的耶……」

「我們不常聽到『男禍』這個詞呢。都沒人有這種困擾嗎？」

她的話根本不成回答。感到困惑的我，心裡也冒出些微的畏縮。

我被怪人纏上了嗎？

「……我臉上有這種徵兆？」

「不，是手上。我專做手相占卜的。」

我低下頭。我兩手都沒有空著。再抬起頭。女性保持原本的眼神，嘴角勾起微笑。

啊，這是很不妙的人。

「謝謝妳的忠告。那我們先失陪了。」

我快步離開。「祝妳生活順遂～」她揮揮手這麼說，沒有再跟上來。

我們彼此都走入人群，一下子就看不見她的身影了。那個人到底是怎麼一回事？

「女禍……是嗎……」

「嗯？」

不知道為什麼，樽見的表情反倒比我還要嚴肅。難道她有過這種經驗嗎？

「啊，島村小姐，那個一定是好東西。」

社妹接著指向了雞蛋糕的攤販。上面寫著內含蜂蜜、蛋跟牛奶。是可以吸引目光的句子嗎？看社妹的臉，就可以清楚知道她是想吃，還是不想吃。要是學校考試的選擇題也有這麼好懂就好了。

雞蛋糕這邊沒有發生什麼事件，很普通地買完了。沒錯，要是發生什麼狀況也很累人，像這樣就比較剛好。若真要說有問題，也頂多只有由我付錢這件事。

先不論我妹，社妹也當然是身無分文。

好吃好吃——社妹正在享受跟我妹一人一半的雞蛋糕。

「雞蛋糕好吃。」

「那真是太好了呢——」

「那邊的炸物又是什麼呢～」

「我說妳啊……」

不要嘴裡還在吃東西，就開始動其他食物的歪腦筋。

讓簡直像平常被限制食量的小孩一樣興奮的社妹隨心所欲到處吃，錢包就變得愈來愈輕。變重的就只有這雙四處走的雙腳。我像在拉牽繩一樣拉著社妹的手，控制住不斷前往下個攤販的社妹。光是看到攤販，我都會被味道、氛圍跟求我買的聲音吸引注意力，所以我選擇低下頭快步走過。

「呀～島村小姐～」

「哎呀，吵死了。」

比起炸物，我現在更想吃炒麵啦。我的喉嚨在渴望細麵以外的麵類食物。

「小島果然很有姊姊的樣子啊。」

跟著我一起快步前進的樽見這麼調侃我。

唔……我有些不滿，就反駁：

「是說，以前也都是我在帶領小樽啊。」

這句話好像出來得挺自然的？

這段話出乎預料的自然。我沒有任何排斥，也沒有多花時間思考，就說出口了。

說完以後，我才對這段不是出自深深收在心底的回憶的話語感到疑惑。

不知樽見是否也沒料到我會這麼說，僵直了身子。但她困惑的時間比我短上許多。

「……就是啊！」

樽見的嘴角勾勒出富含稚氣的笑容。

再加上有祭典的淡淡燈光作為背景，感覺好像在看著夢境的一小角。

在經過了這些事情，也好好吃過炒麵以後，煙火也正式進入夜晚階段了。看見七彩的煙火被盛大打上天空當作問候，周圍的人們也發出了歡呼。

我也搭著順風車講了一句「真漂亮呢」這種很老套的讚美。接著，我才注意到了我妹的狀況。

「看得到嗎？」

待在站在前面的大人背後，身上都被影子蓋住的妹妹「唔……」地一聲，給了我一個不太樂觀的反應。

真拿妳沒辦法。

「小樽，社妹可以先給妳顧嗎？」

我放開牽著的手。然後把手伸進妹妹的腋下，把她抬起來。

「咦……唔咦，咦……咦？咦？」

大概是因為事出突然，我妹睜大了雙眼，盡顯心中動搖。

雖然有點重，我還是把她舉了起來。我對轉過頭來的妹妹問：

「看到了嗎？」

「……嗯。」

又把頭轉回前面的妹妹難得老實地點了點頭。

感覺我舉起妹妹的角度，可以直接表現成日野說我很有姊姊樣子的程度。

「哇～」一旁被樽見抱著的社妹似乎也很開心。呃，雖然她總是看起來很開心啦。

「抱得動嗎？」

我問問樽見會不會覺得重。樽見眼神游移地回我一聲「嗯」。那聲音中聽得出她對社妹的困惑。

「沒問題。應該說這孩子是怎麼回事？感覺……嗯。感覺超輕飄飄的，好輕喔。」

「啊～也是。很奇怪對吧～」

「我覺得可以輕鬆帶過這個話題的小島也很奇怪啊。」

雖然就是這一點很棒——她小聲補充了這一句。聽起來是那樣。

我在人山人海當中還能偶然聽見這句話，究竟意味著什麼呢？

這點很棒嗎？是喔？

「……嗯。」

我伸長脖子把臉湊近樽見耳邊，避免等等要說的話被正在專心看煙火的妹妹聽見。

不知為何樽見的嘴唇抽動了一下，好像被嚇了一跳似的，但我還是直接說：

「今天真對不起，還帶妹妹她們來。」

我在電話裡已經有先道過歉，不過我覺得還是該面對面跟她講。畢竟我還讓她幫忙顧小孩子。樽見一開始只說聲「啊，嗯」，而她正要微微點頭的時候，又先是頓了一下，才明顯收起下巴，說：

「不，沒關係。」

她的側臉中，看不出任何逞強或挖苦等負面情緒。

有如經過雕磨的端正臉頰和眼角，染上了天上花朵的顏色。

「我啊，在想現在就先和小島開心地相處就好。」

「先？」

「嗯，現在先這樣。」

樽見只說到這裡，就抬頭仰望煙火。

彷彿在表明什麼事情的這句話，沒有再接續下去。

不過，看著樽見有如凝視著未來的雙眼，就覺得心裡有種舒暢感。

大概就是風應該被人跟熱氣擋著，明明不可能吹過來，而我的臉頰卻有受風吹拂的錯覺那樣。

「這樣啊。」

我覺得開口問她那段話的後續，就太不識趣了。

這很類似因為煙火很漂亮，所以希望它永遠都不要消失，繼續留在那裡的感覺。懷著眷戀留下的煙火，只不過是種塗鴉。

「那，先不管那個……雖然現在才提這個有點難堪啦……」

樽見故意咳了幾聲。我在想她要做什麼，她就抱著社妹往我靠近一步。然後就像是在強調自身般抬起下巴，挺起鼻子。

「怎麼說，至少應該可以給我一點感想吧？」

我一開始還不知道她想表達什麼。

她大動作擺動浴衣的袖子。

看到樽見有些尷尬的模樣，我才終於理解她的意思。

「啊。」

似乎是要我講一下對她這身浴衣的感想。

明明天上沒有紅色的煙火，樽見的耳朵卻紅通通的。

「不要逼我主動問妳覺得怎麼樣嘛，小島～」

樽見哭笑不得地用感到羞恥不已的語調說。

「真是失禮了。」連我都忍不住發出「呼嘿嘿」的笑聲敷衍過去。

「好像流行雜誌的女孩子」是誇獎嗎？還是不算？

我煩惱地上下打量樽見。我先是盯著她羞到跳開的左腳，才說：

「看起來很耀眼喲。」

我照實評價她的打扮。不知道樽見是怎麼解釋這句話的，她聽完就發出「啊哈，啊哈」的奇怪笑聲。樽見的表情很僵硬，嘴巴也變得像奶油麵包一樣。

「比……比煙火耀眼嗎？我開玩笑的啦，哈哈哈哈。」

「嗯，看起來閃閃發亮的喲。」

我再次看著樽見這麼講。不知為何，這句話好像變成是在追擊她，害她狠狠嗆到了。

那反應誇張到反讓我開始在意她怎麼解釋我的話了。

因為現在的小樽，確實很耀眼啊。

不過這是她抱著的社妹帶來的影響這件事得要保密。

七月的某一天，我享受著煙火，和老朋友重溫舊好。

看來繪圖日記的題材就決定是這個了——我躲在周遭的喧鬧聲下，獨自暗笑。

「島村？」

目送那道背影離去的聲音在顫抖。

我的視野捲起漩渦，讓視線集中到中央，彷彿要打破並吞噬眼前景象。

圍繞著她的三道歡笑聲把我隔離開來，讓我的腳步變得不穩。

被打上天空的煙火光輝，有一瞬間將黑夜稀釋成了蔚藍。

島村。

附錄「永藤家來訪者1」

我在店門口巧遇正好走出來的永藤。

明明是從自己家走出來，她卻像個小偷似的背著一大袋包袱。

「啊，是日野。是比我預定中更早遇到的日野。」

哇——永藤毫無半點感動地舉起手。

看她這個反應跟那個包袱，我知道她要做什麼了。

「妳又打算來住我家了吧？」

「答對了～」

「我拒絕。好了，快回去。」

我推著永藤的肚子，跟她一起走回店裡。我途中和在店裡的永藤父親對上眼，便微微低下頭打過招呼。我從以前就是叫他肉店的叔叔。聽說永藤跟她父親耳朵上的特徵一模一樣。

就是永藤右耳的耳垂有個像裂縫的縱線。

我在之前永藤逼我幫她挖耳朵的時候發現那個特徵，就聽說了這件事。

「哎呀哎呀，有什麼關係嘛。」

永藤也出手推我的肩膀。我實在無法抵抗體格上的差距，被她推得一步步往後退。

「有關係。」

「我好想念空調的風。」

「今天不行，太多客人出入了。」

我就是因為這樣才逃來永藤家的啊。我放棄繼續跟永藤互推，離開她面前。我早早走進她家，把帽子丟在一邊，躺在地上表示我不會離開這個地方。但這時候還不能大意。畢竟永藤是就算我在這裡，還是可能說出「嗯~總之我去住一下妳家」這種話的人。和她相處這麼久了，她還是常常出現出乎我意料的言行舉止。

再說妳到底是在想什麼，才會帶上那種包袱啊？是要配合古色古香的我家嗎？

永藤在我的頭旁邊晃來晃去。我把她趕走，覺得她就像隻很眷戀這裡的貓一樣。

我揮手趕她時，她還模仿起貓叫聲。而她學得不是很像。

那比較接近牛蛙的叫聲。不曉得是否叫了一陣子後心滿意足了，她原地坐了下來。

「真沒辦法，這次就先放棄吧。」

「妳這語氣聽起來有那麼點高高在上耶。」

我這麼說，同時用腳趾頭控制電風扇。我很習慣這麼做。

藍色的三片葉片畫出涼快的色塊旋轉著。今年夏天也和這個電風扇見面了，這到底用幾年了呢？

「這樣啊這樣啊。」

永藤放下包袱以後，就大動作地點點頭。

「幹嘛啦？」

我這麼問一副了解了什麼事情的永藤。順便滾到電風扇前面占位子。

「原來常在暑假看到日野是因為這樣啊。」

「嗯，是啊。」

我好幾年來都這麼做，她似乎現在才終於發現這個事實……不對，說不定她每年都有發現，只是馬上就忘記了。永藤並不是笨蛋。只不過……怎麼說，記性不是很好。

「快到中元節的時候，就會有很多工作上有關係的人來啊。應該說，跟我們家有關係的人？」

老哥他們也會一起回家，感覺亂七八糟的。如果只是這樣就算了，老哥他們的老婆跟小孩也會齊聚一堂，我還得被逼著一一問候他們，真是麻煩到不行。要是我像島村那樣很有姊姊氣質，倒還有辦法處理，但可惜我是么女。

所以，我今天早早就把那些任務交給鄉四郎哥，自己逃出來了。

老哥他們之中，只有四哥還是單身。應該過一陣子，也會跟家裡挑的對象相親吧。

我們家就是這樣。我才不管這個規矩咧。

回頭一看，就發現暖爐被果然被收起來了。它到六月為止都還過得很好，不過我們要明

年見了。話說來這裡的路上也很熱——我摸著被曬燙的髮梢。最近天氣都是這麼炎熱，但寒冷的冬天又會在不知不覺間到來。雖然每年都在體驗這種現象，卻莫名覺得不太現實。

我抬頭看向永藤，覺得我們就是像這樣在不斷經歷「不知不覺」中長大的。永藤又在別人身邊晃來晃去了……妳胸部底下有陰影啊混蛋。

「怎麼了？難道妳在找東西，可是忘記自己在找什麼了嗎？」

永藤常會這樣。當我這麼想的時候——

「滾開滾開～」

「唔哇！」

永藤用難以判斷是飛撲還是壓上來的微妙角度衝過來。

她衝進我跟電風扇之間，把我撞開。然後額頭就這麼在榻榻米上磨過去。

「永藤大人要經過了～」

「妳把額頭磨得紅紅的，還說什麼傻話啊。」

接著，她直接留在原地。

啪噠啪噠，她有如被帶到陸地上的魚，不斷揮舞手腳。呃，魚是沒有手跟腳啦。

「快點過去啦。」

「好閒喔，來玩吧。」

「嗯，我非常看得出來妳的確很閒。」

「還有，我撞到胸部了，也磨到了，超～痛的。」

「妳這傢伙……」

小心我用手指戳妳鼻孔喔。

「就算妳說要玩，可是天氣又這麼熱……」

這季節要跟妳玩也很痛苦。我們以前即使是夏天，也經常抱在一起。一想起這件事，我的鼻尖就開始發燙，而我撇開臉想要趕走那股溫熱時，便看見了桌上那張傳單。我把傳單拿起來。

「喔，這個啊。」

那是這個時期會發下來的煙火大會通知。附近的料理店會去擺攤，所以也會發到永藤家來。我家從沒拿過這種傳單。因為，我家雖然親戚間的交流多到惹人厭，卻完全沒有跟鄰居交流。

以我家的狀況來說，就曾發生跟父母說想看煙火，結果就被帶到超級遠，而且規模是不同等級的祭典。那很豪華，煙火也很漂亮，但感覺哪裡不太對。

不過回程的時候有吃到紅豆冰，還不算太糟的回憶。

「今天晚上喔……嗯……」

我們以前每年都會一起出去玩。可是，連續去了幾年，也總是就那幾間攤販，於是慢慢就膩了。

至於煙火，也是在永藤房間就看得到了。

「祭典啊……要去嗎？」

我還是意思意思問了一下。覺得很痛的永藤轉為仰躺，眼睛看著天花板。

「很涼快的話就去吧。」

「也是。」

我把傳單放回桌上。既然不去，就在永藤房間看煙火就好。

「啊，對了。」

永藤突然爬起來。她暈得搖晃了一段時間後，便抬起頭。

「這次又要幹嘛？」

「既然不能住日野家，那我要先預約午餐才行。」

媽媽——永藤喊著跑向廚房。記得預約我的份喔——我說著目送她離去。

中間少了永藤的阻擋，電風扇的風也順暢無阻地吹到我身上。

在這陣風的吹拂下，傳單被吹得不斷發出翻動聲響。

我抓起那張傳單，再看一次。

「……嗯，還是待在永藤房間比較好吧。」

不會被蟲咬，又不會被人潮擠得頭昏眼花。

最重要的是我可以不用去找馬上就會迷路的永藤，一直和她待在一起。

第二話
「島村之刃」

電話明明就有確實接通，卻覺得聲音聽起來好遙遠。腦海裡也沒有意識。

就好像耳朵旁邊還黏著一塊球狀物體。

『妳今天比平常還要沉默呢。』

我從島村的呼吸察覺她正傷腦筋地笑著。

一如往常。我第一次對狀況和平常沒兩樣的島村抱有這種心情。

我覺得很焦躁。胃的底部變得像鐵鍋一樣僵硬，一樣火燙。

我知道這股怒氣沒道理發洩在島村身上，就硬是壓在心裡，結果反倒更傷害精神的穩定性。我懷抱著好像隨時都會爆發出來的怒意，拚命尋找接下來該說的話。

尋找可以冷靜、理性又順利地要她告訴我一些我想知道的事情，還能讓我脫離一切尷尬氣氛的對話契機。

我尋找著這種不可能存在的東西。

空調吹出的冷氣吹拂我縮起的背。

太陽高掛空中，積雨雲像定居下來般靜止不動，推動著城市和人們。

『安達？說真的，妳怎麼了？』

居然還擔心地問我怎麼了。

我才想問妳「為什麼」。

「島村……」

那一晚——不小心看見島村身影那一天的八天後。

第二次大型祭典結束後的隔天，我——

所謂出神，就是指這種狀態。如果說人類的身體束縛著靈魂，那這應該就是綁著靈魂的繩子鬆弛下來，拖在地上了吧。我現在也是這樣，變成了一個空殼。

島村和其他女生一起去了祭典。而我不小心在攤販裡面目擊到那個畫面。島村大概沒有發現我吧。她牽著妹妹跟髮色很奇怪的孩子，旁邊還有另一個人在。一個有點眼熟的女孩子。她和島村很親近，也氣氛和諧地跟島村走在一起。最誇張的是，她還叫島村——

「小島」。

喊著這個暱稱的語調非常柔和又自然。我到現在還得叫她「島村」才不會覺得不對勁，卻有一個跨出這個領域一步的女生在島村身旁，這真的讓我崩潰得想狠狠亂抓自己的頭。我好想馬上放聲哭喊。

那一晚不用顧攤的話，我早就跑過去找她了……不對，這是藉口。即使沒有要顧攤，我一定也會停下來愣在原地，什麼都做不了。

這件事帶有足以讓我這樣的衝擊性，以及我無法全盤接受的要素。
那不是學校同學。而且島村沒有參加社團活動，也沒打工。
那是我所知的島村生活圈外的交友關係。
我無意間遭遇了我不知道的島村。
之前也遇過類似的狀況。可是那時候跟她一起的是永藤，而且光是那次就讓我很消沉、很嫉妒、很痛苦了，這次卻有種輕鬆超越那種程度的感情吞噬了我。一種有如濃縮了夏天帶來的不愉快般的鬱悶，從內外同時侵蝕著我。如果一直冷卻房間內的溫度，卻不除去濕氣，也會有這種感覺嗎？現在其他一切事物都不重要了，我只覺得……好難受。
只有腦袋跟意識像無法忘卻煙火的光輝般，相當清醒。
身體不願休息，不管再怎麼累，腦袋都不想進入睡眠。這狀況很類似失眠。
我沒辦法暫時略過深感痛苦的時間，只能不斷受其折磨。
盯著時鐘指針前進也只會覺得沮喪，所以我不知不覺就不再看著時鐘了。
一天只剩下白晝跟夜晚，生活也變得不規律。身體記得的也就只有打工的時間。時間一到，我就會自動起來去完成那些雜務，再回到家。意識散漫的話，就會少掉一些無謂的行為跟想法，反讓工作效率上升。這到底是什麼原理呢？
難道我拚命努力，也只會總是落得白費力氣的下場嗎？
趴在床上的期間，我的注意力有好幾次都移到了桌上的手機。

我在期待她會不會跟我聯絡。

我腦海內的一角相信她可能會跟我解釋有特殊的理由。可是，島村沒有給我任何聯絡。也沒有傳半封郵件，我根本沒有權利一窺日曆另一頭到底發生了什麼事。這樣的日子，在特別清晰的胃部疼痛陪伴下過了五天。

我把臉埋在枕頭上，眼底開始發熱。

我以為我在她心中多少算是有點特別的存在。

我一直以為她對待我，比對待其他朋友花了更多心思。

但這次我體會到，那全只是我太有自信，太得意忘形了。

我在島村心中的地位，一點也不特別嗎？

擅自期待，擅自受到背叛——這種自私的心情率先湧上心頭。我鬧起脾氣，認為既然她不跟我聯絡，那我也不想管她了。我對島村發洩她不可能有印象的誤解，擅自賭氣。我連手機都放著不充電，腦袋放空地度過一整天。

一件都沒達成的想做的事情清單，只是隨著空調的風飄動著。

我的暑假和現在的臉色，都好悽慘。

「…………………………」

過了三天以後，我才終於放棄賭氣。

我根本無法過著背對島村，不在意島村的生活。

自覺到這點的我，也順便感嘆起一件事。自己的生活少了島村以後，真是無趣透頂。不會發生特別的事情，也沒有什麼事情好講的。要是就這樣和島村斷絕一切往來，大概連我的暑假都能用一張作文稿紙寫完吧。應該說，真有辦法在上頭寫下半個字嗎？

現在的我除了島村以外，什麼都沒有。

我的皮底下不是骨頭跟血肉，而是島村。

可是……可是——我懊惱得差點要胡亂抓起頭來。光是鬆懈一下，就泛出了淚水。

我知道只是我擅自那麼認為。但是，即使如此——

抱著想受到回報的想法，真的是錯得那麼離譜的行為嗎？

我把臉移開因為躺太久而被壓扁的枕頭，拿出被我藏在桌子一角的手機。

我打開剩餘電量讓人不太放心的手機，確認來電履歷中沒有任何訊息。

我看著停在數天前的日期，還有島村的名字，拇指就開始猶豫究竟要不要往那個名字按下去。

來來去去。按下去以後，我嚇得往後跳了一下。

我畏縮著等待打通島村的手機。

『喂，是安達啊。』

電話很乾脆地接通，然後演變成現在的事態。

我激動得甚至無法回應她的問候。

獨自仰望的煙火所發出的聲響跟光芒帶來的東西，至今依然無法完全抹去。

眼角變得模糊，聲音聽起來像是耳朵塞住了一樣遙遠。

「島村，我……」

那個女生是怎麼回事？是怎麼回事？我好想問，好想知道。好想逼問她為什麼會跟那個女生在一起。

有種一不注意就可能爆發出來的危險物品在我心中打滾。

我不斷用右腳跺地，試著想辦法分散這種情緒。

『……安達？妳是要談談要不要去哪裡玩之類的事情嗎？』

我的心情完全沒有傳達給島村，心裡的焦躁和不甘心令我冒出想猛抓喉嚨的衝動。我是很想一起出去玩，可是在那之前——我把手放到頭上，用手臂緊壓著臉。我用手像纏著人的蛇一樣壓住臉，嘴裡滲出滿滿苦痛。

壓抑的情緒掃過舌頭，露出冰山一角。

「妳……有去祭典吧？」

我踏出無法反悔的一步。腦袋裡像遭到光之洪水襲擊，變得一片空白。

視野有一半以上變得不清楚，視線也無法聚焦。

「還跟一個我不認識的……女生在一起。」

『……原來安達也有來嗎？什麼嘛，早知道還是約妳一起來了——』

「不是！我……那天要顧店。是我打工的地方開的炸物店……」

心臟的劇烈跳動妨礙我繼續說下去。感情的水位上升到極限值，每有一次晃動，就會有水濺出去。

在島村耳裡，我斷斷續續道出口的心情聽起來是什麼樣子呢？我們的對話出現一瞬間的停頓。

『這樣啊……炸物的攤販……喔～有。的確有那種攤販呢，社妹還差點被釣過去。』

「島村，妳有和我不認識的女生……一起……」

我重複一樣的提問。我的腦袋愈來愈單純，變成只會直線思考的笨蛋。

我的語言能力弱化到有如小孩在責備一件事情，只能像在抽泣一樣重複同樣的話。

『嗯，因為朋友約我去……所以這……呃，怎麼了嗎？』

島村一點也不愧疚，非常自然地承認這個事實。她的困惑，是針對我的態度。

不愧疚？這是當然的，島村並沒有錯。

以島村的角度來看，島村她本身不可能有錯。

她說不定覺得只是跟朋友一起去玩。

可是，我——

想說卻說不出口的話，終於激出了存在內心深處的情感。

「妳還問怎麼了……為什麼？」

『咦？』

「為什麼？那個女生是誰？為什麼要跟她一起去？妳怎麼沒有告訴我？我跟她的確不是朋友，可是我想了解島村啊。我最想了解島村，最想待在島村身邊，我希望我是最親近妳的人，而且我不希望自己不是最親近妳的那個人。明明我就想和妳變得更要好，妳為什麼要這麼做？」

『等一下，安達──』

「我！討厭島村在我不知道的地方露出笑容！也討厭妳跟其他人牽手！我希望妳只牽我的手！只待在我身旁！祭典也是，我也很想去啊！我希望島村很開心的時候，笑的時候，我可以在妳身邊！我想要那樣！我頭好痛，好痛苦！我一直在想島村的事情，感覺都要……發瘋了……我也在等妳打電話給我！妳偶爾也主動開口嘛，主動跟我說話嘛，我不想要總是我單方面找妳，妳多少也……妳一點也不在意我嗎？一點也不會嗎？完全不會？我對妳來說不重要嗎？只是朋友嗎？普通的朋友嗎？我希望自己不是普通的朋友，就算比普通好一點也好，我想成為不普通的……朋友……嗳，島村，我該怎麼做才好？嗳。島村，妳有在聽嗎？求妳聽我說話。妳聽到我的聲音有什麼想法嗎？會有嗎？妳要說會感到放心，還是什麼都好，拜託有點想法。我希望妳可以有點想法，還是說我不該期待這種事？島村！我就是要島村啊，我啊，就是想要跟島村待在一起。我不需要島村以外的人，不需要……只要有島村就好。我沒有很任性喔，我只說比普通好一點，好一點而已啊。其他人根本就不重要，也不需要，我希望那些人都可以滾遠一點，可是妳為什麼要去他們那邊呢？求妳來我這邊，來我這邊，待在我身邊，不要離開我。不行，在島村身旁的只能是我，我希望是我，我想待在妳身邊，拜託妳讓我待在妳身邊……那個女生是誰？我不認識她啊。我不想看到妳變成我不認識的島村，我想了解島村的一切，也討厭有我不想知道的事情存在，可是我更討厭自己不知道，會更難受。會很難受，很痛苦，很痛苦……島村……我想問妳要不要一起出去玩，也想去祭典啊，我很想去啊，可是島村為什麼會跟那個女生一起去？為什麼跟她一起出去玩？島村妳現在在哪裡？有跟誰在一起嗎？島村，島村……嗳，妳有在聽嗎？從剛才開始就只有我在說話啊。平常的島村都會和我說更多話吧？嗳，為什麼？現在不像平常一樣嗎？我很奇怪嗎？我很奇怪吧？這我自己也知道，可是，我想知道，我想知道島村的一切，變得好奇怪。我不想和島村分開，我想一直和妳在一起，不管人在哪裡都好，只要是跟妳一起，不管待在哪裡我都無所謂，我好一陣子沒有跟島村見面了啊，我好想見妳，可是感覺我現在見到妳會哭，而且現在也真的在哭，我一直很在意很在意那個女生到底是怎樣，嗳，妳有在聽嗎？比起跟我在一起，妳比較喜歡跟她在一起嗎？我不好嗎？哪裡不好了？我會改過的，拜託妳告訴我，我會改過，我絕對會改過，所以拜託妳告訴我，我想知道理由啊。島村妳……我有因為是島村……因為是島村才喜歡的事情，就算有其他人長得跟島村一樣也不影響，雖然也不可能有人跟島村長得一樣，嗳，我不是在意島村的外表，一定要是妳才行啊。所以我才想跟妳變得更要好，卻好像……我不是想講這個，我想講其他的事情，可是我很在意……因為島村當時臉上帶著笑容啊。我討厭妳對我以外的人笑。妳不討厭嗎？不會嗎？島村不會這樣嗎？島村妳喜歡誰？妳有喜歡的人嗎？妳會喜歡上一個人嗎？妳知道什麼是喜歡嗎？我有時候啊，覺得好害怕。在想島村為什麼願意陪著我。說起來，我跟島村是朋友吧？至少有變成朋友吧？妳覺得我是朋友嗎？島村對這種事……嗚嗚嗚……噎……島村，讓我聽聽妳的聲音。我想聽妳的聲音，聽妳講講跟我有關的事情。我希望島村是最了解我……最了解我的人。我想了解妳，也希望妳了解我，我希望妳變成最了解我的人，我也想變成最了解妳的人。我很想……可是……感覺只要發生一點不好的事情，我就會很挫折……因為島村……感覺……不像很重視我的樣子……重視……說重視也很奇怪，但是我希望妳可以重視我。我就是想要妳重視我！我不想跟其他人一起被歸在同一類，真的只要……特別一點點就好……島村有思考過關於我的事情嗎？我們暑假一直沒有見面，妳有想起我一次嗎？我啊，我一直想著妳。我一直只想著妳啊。我想的全是跟島村有關的事情。所以，島村！妳有沒有常常想著我……島村跟我不一樣啊，不一樣吧？這我知道，可是！我會期待，也會不小心期待起來，就算像現在這樣被背……叛……我也想打電話給妳。但就算打了電話，也會變成現在這樣，不會解決任何問題，我該怎麼辦才好？嗳，島村，島村？電話還沒掛斷吧？我現在還跟妳通著電話吧？可是好遙遠，妳在好遙遠的地方，我好想見妳。我想直接和島村見上一面。我希望妳對我笑，希望妳摸著我的頭，問我有沒有怎麼樣。妳現在在哪裡？在哪裡？有和誰在一起嗎？跟那個女生在一起嗎？那個女生是誰？我從剛才就問過好幾次了吧？是不能告訴我身分的人嗎？妳們是什麼關係？跟她的交情比我好嗎？不要，我不要那樣，我不要妳跟她的交情比我好。不要……妳快說不是那樣，跟我說不是那樣！我滿腦子想著島村啊！還不夠嗎？這樣還不行嗎？要更常想著妳才行嗎？我該怎麼做？我不知道該怎麼做，每次思考該怎麼做也總是落得失敗的下場，告訴我妳希望我怎麼做，妳告訴我的話，我會努力去做的。我絕對會努力去做的，所以，那種人我其實一點也不在乎她怎麼樣。我想見的島村……是更不一樣的，我知道只要改變我自己就好……島村，噯，島村，妳現在在想什麼？妳覺得我很奇怪嗎？覺得我有病嗎？說說妳的想法好嗎？妳主動跟我說話，主動接近我好嗎？每次都是我……都是我……都是我……單方面地接近一個人，就會變成現在這樣啊！就是因為會變成現在這樣，所以島村也……來我這邊好嗎？島村討厭我嗎？不討厭吧？不要，妳不要討厭我。我不要妳討厭我。我不想要妳討厭我……我希望妳喜歡……我希望妳喜歡我。我希望妳喜歡上一個人。不對，是島村妳要喜歡……妳討厭我嗎？妳跟我媽媽一樣討厭我嗎？妳以後不再跟我說話了嗎？會把我當作不認識的人嗎？我該怎麼說才好？我該做什麼才好？要飛起來嗎？要跳起來嗎？要牽妳的手嗎？這些我都想做，可是真的做了妳又不會看著我……我到底該怎麼做才好？我該怎麼做？沒有人……島村，我……好想聽妳的聲音……求妳說點什麼，讓我放心，可是我不要妳對別人笑，只對我笑，對我笑……頭好痛，肚子也……好痛……明明就很在意，可是

妳……為什麼不跟我聯絡呢？告訴我，我好想知道。我好想了解島村，我從剛才開始，就覺得心裡好混亂……我一直在說一樣的話，可是這也沒辦法啊，就是沒辦法啊。我就是只想著島村啊……就是只想著島村，所以就算變得一直在想島村……我也很重視島村，很想好好珍惜妳，我不要自己不重視妳，所以……拜託妳看著我。我不要島村不看著我……我不要妳看著別人……我不要那樣。妳又要跟她一起出去嗎？要跟她去哪裡嗎？一起到市區那裡嗎？跟那個女生一起……到曾經跟我一起去玩的地方嗎！我不要妳那樣。不要蓋掉我跟妳的回憶啊！我一直記得那些回憶，妳卻要忘記……妳又跟她出去玩的話，這次會不一樣嗎？會在看著同樣的地方的時候，看到不一樣的東西嗎？我不要妳那樣，我不要，我不要。我想待在島村身邊，和妳一起分享，相互了解……這樣太奇怪了啊。不對吧？是我很奇怪，我知道自己這樣很奇怪，可是就是會變得很奇怪……我沒辦法不想著島村……就算是現在，也……島村，島村，島……村……嗚嗚……嗚……嗚嗚嗚嗚，島村，島村……唔，咳……嗚嗚……島村的……島村？島村，島村，島村……我就是要島村，我……就是要待在島村身邊，所以島村也……噯，求求妳，島村……島村也……島村……」

我無法停下來。要不是流下的眼淚自然流進嘴裡，我可能會永無止盡地講下去。在坡道上跌倒，就停不下來了。就算島村在上面等我，我也回不去。

我聽到腦袋裡某處傳來「妳這是無理取鬧」的勸告聲。

我知道，我知道自己只是在嫉妒。

對，我就是在嫉妒。我在吃醋。

我沒道理對島村發脾氣，但是，那樣一來我又該把這種情緒發洩在哪裡？

我陷入無法穩定下來的混亂當中，開始啜泣。

因為……因為因為……因為——

『……………………………………唉。』

我聽到一聲嘆息。

一種聽起來會默默把臉剖成兩半的深沉嘆息。

接著——

『……真難搞耶……』

「……………………………………咦？」

這句話輕鬆穿過我的話語所形成的箭。

僅僅掃過一次。島村那有如在割草般的銳利刀刃，就削去了我的脾氣。

原本沸騰的腦袋瞬間像是季節倒置了一樣，凍結起來。

我的背部汗如雨下。

『呃，我的意思是，妳講的話非常難搞。』

她用比平常稍稍僵硬一點的聲音，語氣平淡地這麼說。

我不再流出汗水。我的知覺出現脫離現象，感覺可以在視野一角看見自己的瞳孔完全放大了。

彷彿極度的疼痛讓神經斷開了一樣，我沒辦法好好控制自己。

之後島村留下一聲莫大的嘆息，掛斷電話。她毫不留情地，很乾脆地掛斷電話，就這麼消失了。就好像島村說她會馬上逃離難搞的麻煩事那樣。

「……咦？」

我戰戰兢兢地把手機拿開耳邊。

真難搞耶。

只有島村的聲音仍留在我的耳邊，還有耳朵深處。

房間正天旋地轉地上下搖晃。

腦袋凝固了起來，無法思考。

我睜大眼睛，撐著舌頭，身體陷入僵直。

我的身體甚至不是全身發抖的狀態——

而是猶如死去了一般，靜止不動。

附錄「社妹來訪者8」

「哎呀哎呀，小同學，妳要去哪裡啊？」

我走到外面，在聽到蟬叫聲之前，就先聽到小社的聲音。我轉過頭。

在連建築物的輪廓都要扭曲的炎熱天氣中，只有小社散發著看起來很涼快的水藍色。

「啊，是小社～」

「小同學～」

啪搭啪搭啪搭啪搭，我們互拍對方的上臂。雖然很熱，但我們每次都會這樣玩。

結束之後——

「我要去游泳池喔。」

我把去游泳池用的包包抬高到眼前，小社就疑惑地問：

「游泳池？」

「咦？妳不知道游泳池嗎？游泳池就是……有很多水……」

真的要說明起來，意外挺難的。畢竟浴室就是浴室，游泳池就是游泳池。

順帶一提，小社不知道是不是不喜歡洗澡，要帶她去洗澡的時候，她就會逃跑。然後每

次都會被抓到。

而且一起進去幫她洗澡的話，我也會有點自己變成姊姊的感覺。

「那裡好玩嗎？」

「唔～嗯，很好玩喔～」

我「噫～」地一聲，大大露出牙齒。小社也學我擺出笑容。

現在我們學校的游泳池有開放。雖然也只開到中元節之前左右。

媽媽說最近開放的天數變少了。

「我才想問小社，妳要去哪裡嗎？還是散步？」

她身上掛著水瓶，頭上戴著像用樹枝編出來的細長帽子。

那頂在隙縫裡面摻雜著樹葉的奇妙帽子，和小社的髮色很搭。

「哼哼哼，我才不是為了那種雞毛蒜皮的小事出門呢。」

「散步算小事嗎？」

「我接下來要去找我的同胞。」

我完全忘了這回事啊——這麼說的小社不知為何有點一副了不起的樣子。

「我原本打算先找個三百年左右，但天氣太熱了，我決定找個三天就好。」

「是……是喔？」

小社運用數字形容的方式太隨便了。

「那麼，我們有緣再見吧。」

小社踩著輕快的腳步，一步步走往遠方。

說完想說的話就走，今天的小社也是一如往常。

「唔……」

……她是要去旅行嗎？畢竟如果是小社自己出門，她的父母應該會反對吧。雖然我沒有見過小社的家人就是了。我也不曾去她家玩。

關於小社，我到現在還是有很多不了解的地方。我這麼心想，看著捲在我小指頭上的水藍色頭髮。

晚上在被窩裡面看著這水藍色的頭髮，就會發現它散發著淡淡光芒，看著看著就會忘記時間。

不對，不只是時間，我甚至會忘記呼吸、眨眼，卻仍然不覺得難受。

明明是很小的光輝，卻像是帶領我到水族箱前一樣。

過了一段時間，才有股熱氣環繞在我身旁。我踏出腳步，打散那股熱氣。

「三天啊……」

我們最近每天都有見面，讓我感覺有三天都見不到面真是太久了。

不知不覺間，小社就變成了總是待在我身邊的存在。

噠、噠、噠。

「哎呀哎呀，小同學，妳今天也要去游泳池嗎？」

我又在家門前遇見了小社。

總覺得心裡有點鬆了口氣。

啪搭啪搭啪搭啪搭。嗯，嗯，是小社沒錯。

我們再見面正好是三天後，而今天的小社身上穿著有獅子圖案的睡衣。兜帽的地方做成了圓圓的獅子臉，把帽子戴起來，就剛好會變成牙齒刺在頭上的模樣。應該說，那樣看起來好像小社被獅子一口吃掉了。

「是沒錯，那小社……」

妳被吃掉了呢。

「那是妳買的嗎？」

「不，是別人送的。」

小社舉起雙手跟右腳，發出「喲～」的威嚇聲。感覺她的叫聲好像不太對。

可是好可愛。

「我沒有見到同胞，不過遇到了怪人，這就是對方送我的。」

「怪人？」

居然會被小社說是怪人，那真的是怪得很誇張喔。

「是一個頭蓬蓬鬆鬆的怪人。」

「蓬蓬鬆鬆？」

「就像這樣，蓬蓬鬆鬆的。」

小社把食指轉啊轉的，形容那到底有多蓬。

爆炸頭？

「唔唔，是一個羊咩咩人。」

雖然很怕，不過我有點想看看那個人。既然對小社這麼好，那應該也不是壞人。

而且雖然不是壞人，但可能真的就跟小社講的一樣，是個怪人。

要是說我要去找怪人，姊姊好像會很反對。嗯，還是別那麼做吧。

可是羊咩咩人為什麼會給她獅子睡衣呢？

「妳沒見到那個……同胞？真是太可惜了。」

「是啊。」小社點點頭。

「我的同胞是個什麼都不懂的傢伙，我很擔心她會不會變得乾巴巴的呢。」

居然會被小社說成這樣，那真的是很誇張第二彈。

「不過要是見到她，我就得回宇宙了，現在就先不管那麼多了吧～」

「這樣喔……」

我一開始差點讓這段話左耳進右耳出，但是我在途中又「咦」地轉頭看她。

「咦！咦？要回宇宙喔？」

「是啊。」

我不懂宇宙之類的事情，可是我感覺那樣一來，小社就會消失不見。

「那……那……」

不要去見她不是比較好嗎？——再怎麼說，我還是不敢把真心話說出口，但我不斷揮舞著手臂。

小社也不知道是覺得哪裡好玩，跟著我一起揮動手臂。

呃，這一點也不好玩啦。

在炎熱的天氣下，連去游泳池用的包包都掉在地上的我揮著手臂。

要等到汗水把我腦海裡的雪白沖掉，需要很長一段時間。

第三話 「靈魂是共有的？」

累積至今的東西像土石坍方一樣崩毀了。

不對，這不是自然災害，是我親手摧毀的。那不曉得該說是爆炸還是坍方，總之那就如煙火一般，在一瞬間內消散。我知道錯在我身上。我也知道是我太過深入，害得島村心生畏懼逃跑了。但我還有其他選擇嗎？

因為我又沒有說謊。

我的呼喊，我的行動，也都是藏在自身心中的事物。

我知道，要是把這些感情發洩在她身上會產生摩擦，因而產生意料之外的事，卻無法阻止自己。

到頭來，我就是個汙穢的煙火。

我的每一天，就像是撿著破碎的貝殼嘆息一樣。

我坐在床上伸直雙腳，陷入深沉的呼吸中，就這麼來到第三天。

雖然漸漸從失意狀態恢復過來了，但後悔造成的胸悶卻沒有絲毫變化。

在那之後，就沒有聽過島村的聲音了。也沒有寄郵件。當然，島村也沒有聯絡我，手機

一直處於沉默當中。我握緊手機，倒臥床上。
憂鬱的重力變得更強，感覺好像會就這麼一直深陷下去。
仔細想想，這是我第一次跟島村吵架。
不對，這算吵架嗎？這只是島村不想理我了而已吧？
我沒有習慣於無數次閃過我腦海的最糟糕想像，又坐起身。
我不要。只有那種狀況，我絕對要避免。
我的腦袋受到甚至讓我反胃的排斥感折磨，發出哀號。
即使腦中的紅色電線斷裂，腦袋依然像是在發射訊號一樣不斷思考。
要跟她和好才行。我想跟她和好。我想跟她恢復原來的關係。
為此需要打電話……不對，寄郵件。不要，還是打電話。踏出一步，又退後一步。我停滯不前。
我知道自己不能再這樣下去。
窗外有雲朵飄過。說今年會很少的蟬，也在鳴叫。
我蹲著的時候，時間依然在流逝。可是時間可以解決的，只有悲傷，或是哀痛。
而不是愛。
「……愛……」
意外冒出的想法讓我的臉頰開始發燙。說是「愛」會不會太誇張……好像也不會？

深深重視一個人，渴望了解對方的一切。
這應該就廣義來看，說成是愛也無妨。
所以，我愛著島村。這種說法並沒有錯。
我羞得要死，把很想撇開的臉固定面向正前方。脖子要抽筋了。
這份愛（暫定）告訴我不能再這樣下去，使我開始採取行動。
總之先做些什麼。要是不跟她談談，什麼問題都沒辦法解決。所以，果然還是該打電話給她。
我按起表面已被由決心產生的手汗弄得濕滑滑的手機，畏畏縮縮地找出島村的手機號碼。要是被她設成拒絕來電，該怎麼辦？我心中的膽小鬼早早就爬上了心頭。
我有真變成那樣的時候的覺悟嗎？我有辦法放棄她嗎？
內心布起許多防線，想讓傷口能夠淺一點。
而我像是弄開蜘蛛網般，扯開了那些線。
我把將近七十封的未寄出郵件當作成長的食糧，按下按鈕。
我對著島村，伸出自己的手。
我沒有做好這隻手會被拒絕，被她甩開的覺悟。也不保證事情會順利進展。
但人生就是有許多「只能選擇去做」的事情，而這也是其中之一。
對我來說，島村是我度過高中二年級這段人生時不可或缺的存在。

我等待電話打通。這段時間令我感到焦急。等了又等，等了又等『喂，妳好。』

「喔喔喔喔喔……」

我的雙眼和嘴唇不禁顫抖起來，表露出不能表現出來的動搖內心。

胸口一陣疼痛。我嚐到一股有如被人緊緊握住的劇痛，蹲到床上。

被島村的聲音攪亂內心並非怪事。不過，這次狀況不一樣。

恐懼勝過了勇氣。我的中止從指根開始麻痺，好像中毒了一樣。

『喂～小櫻妹妹～』

島村的聲音中沒有厭惡和敵意。她的話語沒有繞遠路，而是一直線地通往我這裡。

我先對此感到少許安心，同時回應這道聲音。

「島……島村……同學。」

『咦？怎麼突然這麼客氣？』

我變得像看大人臉色畏縮起來的小孩。

要這麼說不太對，但也相差不遠吧。

「啊，那就……島村。」

『我不太懂妳這個「那就」的意思……那，怎麼了嗎？』

還問怎麼了，就是出了大事，我才會一直很煩惱、很痛苦。

不過對島村來說，那只是過了三天以後就不會在意的問題嗎？我感覺到彼此在認知上的差異，感受到一股寂寞。同時，我也找到了「這麼一來或許行得通」的希望之光。

我在開口之前重新跪坐。胸口的緊繃感稍稍和緩，獲得少許空洞。

我已經得到足以發出聲音，以及表達想法的空間了。

快動起來——我對自己下令。

「島村。」

『怎麼了？』

說真的上次那到底是怎樣我也有很多話想說啊而且我心中的不安還多得跟山一樣高我希望妳可以全部解釋給我聽還有雖然是我擅自這麼覺得但妳那悠哉的態度有時候也會激怒我我好想大喊妳不要害我感到不安好想依賴妳好想哭感覺鬆懈下來表情就會扭曲起來開始啜泣所以我好想對島村發火好想更了解妳希望妳可以告訴我簡單來說——

「我在想……要不要去哪裡玩。」

即使內心經過猛烈糾結，冒出的還是只有這一句話。

這情況我沒有經驗，所以只是類似我的揣測——

這樣好像在央求母親帶自己出去玩。我覺得自己變成了那樣。

我等待回答，握緊手機。豈止冒手汗，我全身都在流汗。

『嗯，是可以。』

島村的態度和我完全相反，語調聽起來很自在。

她就像電風扇留下風後，就轉頭離去一樣，乾脆地答應了。

……咦？

事情進展得這麼順利，反倒很詭異。

簡直像前陣子那件事被當作沒發生過。這情形讓我的腦袋開始空轉。

『要今天去嗎？』

「咦？嗯，啊，還是……明天吧。」

我想盡快見到她，但感覺現在的我就這樣去見她也是靜不下來，還會醜態百出。

雖然遠處傳來「平常就露出不少醜態了吧？」的聲音，但我裝作沒聽見。

『嗯，嗯，明天啊。有想好要去哪裡嗎？』

「呃，去買東西。」

有有有。我拿起想做的事情清單。你終於要派上用場了啊——我的呼吸凌亂了起來。

『嗯。』

「之後……去游泳池。」

『嗯？』

「然後到島村家住……我想去住一下。」

我從想做的事情清單最上面那一項，照順序唸了出來。啊，我忘記玩得很熱絡然後牽起手了。

算了，那個會在這一連串活動中實現……應該。我會想辦法實現。

『怎麼感覺好像很具體，又好像在唸稿子。』

她的感想準確抓住了重點。我只是把事前決定好的事項照稿唸出來而已，所以她的兩種感想都說對了。

但我加入其中的熱情絕不平淡。

『要去游泳池是沒關係，不過妳又要來住嗎？二樓房間沒有空調，很熱喔。』

「沒關係，沒關係的。我很耐熱。」

我隨口編了個理由。我甚至想問自己是不是真的很耐熱。

『咦～我記得妳在體育館的時候一直喊很熱耶。』

「啊……我……我變得很耐熱了。我在這一年裡……成長了不少。所以我想給島村看看我鍛鍊的成果呢——」

呢——呢——呢——咦嘿唔呵嘿。我在最後發出笑聲，試圖打圓場。

『這樣啊。也是啦，安達常常臉紅，或許很耐熱呢。』

這什麼理解法啊？不曉得她是認真的，還是開玩笑。不過就跟她說的一樣，我可能隨時都會馬上紅起臉頰。

在經過這些事情後，島村允許我過去住宿，我也為面前這張想做的事情清單可以實現感到安心。要是一開始就踢到絆腳石，事情根本談不成。不對，我覺得實際上是踢到了沒錯……

但不知道為什麼，事情卻順利進展了。
之後約好會合地點跟時間，就感覺到島村散發出準備掛斷電話的氛圍。
『那我們明天見嘍。』
「嗯……那個，島村。」
我緊抓住島村準備離去的聲音。
『嗯？』
聲音又回到了耳邊。
「我很高興可以聽到妳的聲音……啊，跟妳說話。」
跟她說這種話，她會不會又和我保持距離呢？
我懷著這種不安，可是，我無法不告訴她。
『那真是太好了。』
島村笑著說完，就主動掛斷電話。我個性上是沒辦法主動掛電話的人，她這麼做幫了我大忙。
可是接下來就聽不到她的聲音，實在是很令人哀傷。
通話結束後，我的手依然待在原位，有好一段時間都動彈不得。
因為我不確定事情到底順不順利。
問題真的解決得太乾脆了，沒有解決的實感。我們吵起架來很快，和好也是一下就和好了。我除了煩惱以外，什麼都沒有做。正常來說，吵架到和好之間應該會夾雜一兩個步驟，但我甚至覺得整個過程都被略過了。

氣氛就好像只是閒聊時換聊下個話題一樣輕鬆。

感覺很輕浮，無從信用。

我們之間真的有發生過爭執嗎？我不禁揮動電話。

「怎麼說，總覺得……」

無法釋懷。有種彷彿漏看了某種東西的空洞感。

有如看著明明交了白卷，卻沒被扣分的考卷。

無論我思考多久，都找不出這種突兀感的真面目。

「……啊。」

我忘記跟她約一下祭典的具體行程了。

看到補在想做的事情清單後半的那段話，我才察覺這一點。不過這好像不是造成突兀感的原因，想起這件事以後，我依然有種不能釋懷的感覺。

可是我沒時間一直煩惱這件事，所以轉換了思緒。

現在要專心在自己了解的部分上。

我現在了解的，是明天要跟島村一起去游泳池。

既然這樣，那就去買泳衣吧——我立刻跑了起來。

我感受到，連錢包都沒拿就跑了起來的自己，身上細胞開始受到精氣滋潤，而漸漸產生活力。

島村為我注入了生命力。

這時候我才終於注意到，我總是這個樣子。

收到禮物還不高興的人並不多。

想讓對方對自己有好感，想讓對方高興——

因為禮物就是把這種心情化作實體的東西。

但會因此代表這個選擇是正確的嗎？

只是動一下肩膀，就有股刺鼻的香味竄入鼻中。

我正抱著花束，站在我們約好的購物中心入口。

這一天是我打電話給島村的隔天。

「…………」

我一直想不到該送什麼，在苦惱了很久以後，還是決定送花束了。

光是看著花束，背後就開始冒出冷汗。

跟朋友出去玩還送五顏六色的花，會不會太誇張了？不對，根本用不著想，這肯定做得太過頭了。明明冷靜下來就可以判斷出這點小事，但真的陷入迷惘的風暴當中，不知所措的時候，就會直直往莫名其妙到連我自己都很訝異的方向前進。

因為陷入迷惘了，會走錯路也是無可奈何啊——我一瞬間這麼想，可每次都遠遠偏離正道，實在不可能沒問題。我心裡名為明智的方向感有缺損。

大概是因為現在是暑假，停車場停滿了車，連腳踏車都多到快滿出來了。在有家族跟疑似學生的團體出入交集的入口旁邊獨自抱著花束呆站的我，在旁人眼裡會不會就像是在埋伏有名人呢？這或許真的就是類似那樣的舉動。

在被自己買的花束一點一滴地逼入絕境時，另一種不安也正不斷增大。

島村會用什麼樣的表情赴約呢？

電話裡的她一如往常。可是——一股不安正逐漸刮下我內心的表面。

她會不會生氣呢？會不會對我很冷淡呢？

我很不安。若錯在我身上，只要誠心誠意地對她道歉就好。但這次不一樣，應該還攸關價值觀和見解上的差異。若是這種狀況，真的有解決方法嗎？

我只能盯著應該會是島村來的方向所在的停車場一角，祈禱整件事已經解決了。

種在停車場之間的那些樹木，各自像是樂器般奏出蟬鳴聲。最近都是炎熱的天氣，沒有風吹過，在這停滯的熱氣當中，只有蟬在攪亂這個夏日。我的嘴唇內側變得很乾燥。

過了很久，島村還是沒來。這是當然的，因為是我太早來了。

雖然我每次都是這樣，但今天會提早來，是受到不安的催使。

這段等待的最後，會有喜悅在等著我嗎？

花香並沒有治癒我的心靈，而時間就這麼一分一秒地過去。距離島村過來，還有三十分鐘——我用手機確認時間的時候，看到有人在對我揮手。視線移開手機後，我不禁驚訝得差點往後仰。我看到拿著她每次用的包包，還另外揹了一個背包的島村。她來得好早，離我們約好的時間，呃……對，還有三十分鐘。可是，她卻已經來了。

為什麼島村總會讓我在各種意義上心跳加速呢？

即使有點距離，但跟她四目相交的瞬間，我的胃還是揪了起來。肩膀也變得僵硬。

我很明顯開始緊張，就這麼忘記眨眼地等待島村過來。

「嘿～」

「……嗨。」

我點頭的動作跟輕輕舉起手的島村相反，相當沉重。

早早開始緊張的肩膀已經硬得不像話了。

島村來到我旁邊以後，就把舉著的手往旁邊一擺，指向花束。

「那是怎樣？」

「咦？啊……給……給妳。」

我遞出花束。島村訝異得瞪大雙眼，把花抱進懷裡。

比起迷惘到晃頭晃腦的我，她拿這束花更好看……真的很好看——我直盯著島村。

「這是怎樣？」

妳這樣問我，我也很傷腦筋。就算知道理由，最後的結果也只有這個花束。

「我有做了什麼需要被慶祝的事情嗎？是打出了兩千支安打，還是活著從賭船回來……唔……」

「想……想說能不能當作……和好……的紀念。」

我這才終於找到有點道理的退路。花海另一頭的島村疑惑地問：

「和好？」

「咦？」

看到她的反應不太樂觀，我前傾著身體，冒出大量冷汗。

該不會她根本完全沒有原諒我吧？我緊張地吞了吞口水，靜觀其變，島村就「啊」地做出一聲想到是什麼事情的反應。她看著我，然後有些尷尬地瞇細雙眼。

「啊……嗯。確實有點像在吵架。」

她好像沒有自覺。我連考察這種狀況是好是壞的時間都沒有——

「那，這樣我們就和好嘍。」

島村輕輕舉起花束說道。

「嗯。」對此我只能猛力點頭回應。

好乾脆。與其說是吃完生菜沙拉就結束了似的清爽感，更該說是沒什麼味道。
「我搞不好是第一次收到花束呢。」
「是……是嗎？」
「我覺得過著普通生活的話，應該是沒什麼機會收到。」
的確。我也不曾收過。
島村的第一次啊……想到這裡，我的視野一角就閃過光芒。
「像以前社團的小小引退典禮，也只有一罐果汁而已。」
島村輕拍支撐著花束的包裝紙。
「啊，這樣啊……」
「是說安達妳滿身大汗耶，在裡面等比較涼快啊。」
要用嗎？她拿出手巾。我收下後，就握著手巾說：
「島……」
「島村怎麼樣了？」
被她看穿我要說什麼了！我有這麼常在同樣的狀況下支支吾吾的嗎？
「島村……因為我想早點見到島村。」
這麼說的同時，我也感覺到自己身體發出甚至讓耳朵癢起來的高溫。我很訝異自己的身體還能變得更熱。

我低著頭往上觀察島村的反應。

「妳說早點……可是待在裡面跟待在入口差不了多少距離啊。」

「就算只變近一步——」

我打斷島村的話，抬著肩膀吐露：

「就算只變近一步……」

也想早點見到妳。話語在心裡打轉，讓我無法把後續講出口。

我的嘴巴只是不斷開開合合，嘴唇也在顫抖著。

我像這樣無法直視島村一段時間後，島村就悄悄過來看著我。我正驚訝的時候，島村就拿回給我的毛巾，擦了擦我的額頭。當我又嚇得跟笨蛋一樣張開嘴，僵直著身子時，她也幫我擦掉了脖子後面的汗水。我不只是聲音，連雙眼都陷入了混亂。

再加上我的臉色也不太好，我覺得很有可能害她擔心我是不是中暑了。

「話……話說回來，妳今天來得真早耶。」

我無視於來得更早的自己這麼說。

「喔，因為我在想妳應該會早點來。」

島村又若無其事地預料我的行動。雖然她確實完全猜中了。

我只覺得這沒有深入到她很了解我的地步，是只觸及了表面的一句話。

所以我沒有高興到會打心底顫抖。我只有還算……挺高興的而已。

「汗擦好嘍。」

「啊，嗯。」

我點點頭，也像隻雞一樣連忙走到島村身旁。好像光是這樣，島村就知道我想做什麼了，說著「來吧」對我伸出右手。

我就這麼一點進步都沒有嗎？就算腦袋深處也散發著高溫，我依然握住了她的手。

我到底有幾天沒碰過島村了呢？這麼一想，我的胸口就變得像要捲起一道漩渦。

「要是我妹也這麼老實就好了。」

「咦？」

「沒事。」

島村把頭轉向前方。

把花束抱在懷中和我牽手的島村，看起來莫名漂亮。

讓我無法移開視線。

「這是怎樣？」

島村低頭觀察自己的模樣，說出跟剛才一樣的疑問。

一大串的花束跟著搖擺。

即使如此，島村還是很樂在其中地露出微笑，我也放心了。

我彷彿握緊其實不在手裡的想做的事情清單，緊緊握住了拳頭。

我們決定在去買東西之前，先回島村家一趟。

因為島村說要在花爛掉之前，先插進花瓶裡面。

「難得收到花束，要是枯掉就太可惜了。還有，老實說拿著這個好難走路。」

「唔……」

「沒關係，我們有很多時間。」

島村像是看透了我的擔憂，如此笑道。我的下唇下意識地鬆懈下來。

島村對我笑了。

這已經超越了夏天的異樣炎熱，反讓我覺得溫暖。原來溫暖跟熱可以分別感受嗎？我第一次得知人類的這種不可思議之處。

我載著島村，騎腳踏車前往島村家。

連在這段期間流出的汗，有時都像摻雜著涼爽的汗珠。

「啊，妳已經回來啦。」

在玄關擦鞋的島村母親出來迎接我們。

之前好像也遇過這種情況。我稍稍打過招呼，就跟在島村後面走了。

「哎呀，歡迎妳來。」

「我們等等又要出去。我只是因為收到花，才先拿回來放好而已。」

「收到花？誰給妳的啊？」

島村用下巴的動作示意是我送的。和島村的母親對上眼，讓我好想逃走。

「妳是今天生日的嗎？」

「嗯，其實我今天生日。所以給我禮物吧。」

島村手掌朝上地向她母親伸手，「我咬。」島村母親就咬住了她的中指。

「呀！」島村連忙收手的時候，島村母親就發出「嘿嘿嘿」的笑聲半彎著腰逃跑了。她的動作莫名敏捷，那背影十足令人想像得出她可能平時就在這樣玩。被咬的島村尷尬地看著我，抓了抓頭。

「啊，呃……妳跟媽媽感情真好呢。」

「咦~是嗎？我覺得沒有一般人那麼好喔。」

島村用僵硬的語調反駁。我們聊著聊著，島村的母親又回來了。

原本手上拿著抹布的島村母親，現在手上拿著的是瓶頸細長的藍色花瓶。

「花瓶給妳。我也幫妳裝好水了。」

「我眼睛看就知道了……謝謝。」

島村收下花瓶，放到玄關櫃上面。

「啊，還有今天安達要住我們家。」

「這樣啊。」

島村的母親看著我。她微微收起下巴，露出笑容。

「妳要幫抱月看她的功課嗎？」

「咦……」

不知道耶——我的眼神逃往島村身上。

島村母親是不是對我有點誤解？

「我自認最近還算挺認真的啊。」

島村母親看到島村噘著嘴唇的側臉，就毫不客氣地笑說「哈哈哈，妳還是個乳臭未乾的小鬼啊」離去了。島村擺著愈來愈不是滋味的模樣解開花束，把花擺在花瓶旁邊。

哇……我對離去的島村母親懷抱一種難以形容的感覺。

從會讓島村露出孩子氣的一面來看，她果然是島村的母親呢。

在母親面前顯現小孩子的模樣，在妹妹面前是姊姊的模樣。那，她在我面前是顯露什麼模樣呢？

「算了。總之我先趕快把花處理一下。」

「嗯。」

我在一旁看島村把花插進花瓶。然後，我往從剛剛就感覺到的視線那邊一看。

島村的妹妹正待在走廊最裡面看著我們。受到這道無法解釋為友好的視線洗禮，我縮起了脖子。總覺得那種像在暗處觀察外頭的小動物感，好像在哪裡感覺到過。
主要是在鏡子前面之類的。
看著這裡的那顆頭後面又多了一個水藍色的。那誇張的頭髮披到了島村妹妹的頭上。
「喂～小社太顯眼了，不可以出來～」
島村的妹妹想把水藍色的女孩子推回去，而女孩子也想緊黏著島村妹妹，結果她們兩個的臉頰就擠在了一起。她們就這樣一進一退的……是在玩嗎？
「不知道什麼時候，我妹就跟那個怪傢伙變得很要好了。」
仍插著花的島村觀望妹妹們的狀況。她的眼神開始飄移，飄到我身上。
被她這麼凝視，讓我身體僵硬了起來。這時——
「不過我好像也是呢。」
她平淡地扔下這句話，就又把頭轉回花瓶那邊了。
我慢一拍才了解她這句細語的意義，驚訝得「咦咦咦」了一聲。
我在島村眼裡是怪傢伙嗎？是屬於怪人那類嗎？怎麼會……不對，就算退幾步接受這個說法，但我原來跟有那種髮色的孩子是同一類嗎？我被心裡的驚愕引得看向那個女孩子。
她正在磨蹭島村妹妹的臉頰。柔嫩的臉頰被蹭得不斷上下扭來扭去。而島村妹妹或許也不是很討厭她這麼做，正紅著耳朵，嘟起臉頰。天氣這麼熱，虧她們能這樣玩——雖然我這麼想，但如果我可以磨蹭島村的臉頰，那大概就算正值盛夏，我還是會那麼做吧……嗯？話

不是這麼說的，對，話不是這麼說。咦？原本是在探討什麼？

「好，結束了。安達，謝謝妳的花。」

插完花以後，島村邊摺著原本包裝花的紙，邊對我道謝。

光是這樣我就開心得快跳起來了，不過我還是故作鎮定。

「唔，沒關係沒關係，嗯，沒關係。妳開心就好。」

……以我來說，嗯……還算頗冷靜的吧？

「我們要先去買東西是嗎？」

「啊，嗯。要晚點再去也可以，先去游泳池也——」

也沒問題喔——我把裝著泳衣的包包舉到眼前。島村伸長了脖子，從旁邊看向包包後頭的我。

「妳很喜歡游泳池嗎？感覺妳好像很堅持。」

「咦？嗯，呃，因為很熱啊，而且……我也喜歡涼爽一點。」

我搖手表示自己才不是堅持想看島村的泳衣之類的喔。

就算是我，好像也知道把這種話說出口，反倒更引人懷疑。

這是當然的吧。

「明明妳體育課全用裝病混過去。」

「……那……又是另一回事了。」

和島村一起去游泳池這件事，帶有莫大的意義。

我們一邊聊天，一邊打開門。島村率先踏向充滿夏日氣息的戶外。

「那……」她盯著照射下來的猛烈陽光，說：「就去游泳池吧。」

「嗯。」

也存在於我腦中的想做的事情清單上，就這麼貼上了貼紙。

「要去哪裡的游泳池？」

「呃……島村有想去的游泳池嗎？」

我調查過很多資料，不過也想問問島村的意見。

「與其說是想去的，應該說如果室內型的也可以，我是知道一個地方……」

不知為何，島村在說到這裡時往我的臉一看，發出「啊」的聲音，皺起眉頭。

「會很不妙嗎？可能很不妙喔。這樣沒問題嗎？」

她是指什麼呢？無論如何，被她看著臉連說好幾次「不妙」，我不覺得會是好事。

「我……只要是跟島村一起去，去哪裡……都好。」

「呃，我不是這個意思啦。嗯……算了，沒差。」

反正很近，又便宜——她講了兩個理由。

「反正去哪裡都好嘛。」

島村強調我的話，露出微笑。

到底是什麼事情那麼不妙？我用笑容閉上了很想這麼問的嘴巴。

島村好可怕。

在這段討論下，我們決定到島村推薦的游泳池。島村再次搭上我的腳踏車。我為肩膀感受到島村的重量感到開心，同時用力踏下踏板。

「……………………」

我若無其事地騎著腳踏車。

和島村一起在夏日的太陽底下奔馳。乍看之下，一切都恢復了原樣。

但我還有很多事情想問她，很多很在意的事情。

像之前跟她在一起的女生是誰。

……不對，與其說有很多想問跟在意的事情，應該說不論講得婉轉或直接，最後全會連結到這個問題上。

我想確認。我想把這件事搞清楚。不管會是什麼樣的答案，我都想先知道解答，再來決定接下來的行動。

但我感覺要是激動到變成是在逼問她，而且又一次被拒絕，這次就真的無法挽回了。我和島村之間的關係到現在都還不算穩定，怎麼說……就好像在溪裡漂流的葉子偶然重疊在一起那樣。雖然這兩片葉子確實是一起漂流了很久，不過只要有個偶然出現的要素來搗亂，造成水流微微改變，或是有風吹過，都可能因此分離。

我們之間就是這種無法感到放心的關係。
正因如此，我現在連島村放在我肩膀上的手，都覺得很可貴。
一瞬間的重力，連結著我跟島村。

在島村指引下來到的地方，是運動健身房。
一面以藍色和白色構成，配色看起來極為清爽的招牌迎接我們的到來。健身房跟對街的停車場都停滿了車子。不論看向哪裡，車子表面反射出來的陽光都會刺進眼中。
「妳母親會來這邊運動。」
「這樣啊。」
把包包拿下車籃的島村先是僵了一下，又再一次看向我。
「我說妳母親會來耶。」
她不知道為什麼說了兩次。不懂她為何要說兩次的我疑惑得眼神搖擺不定時，島村就笑著說：「我們走吧。」
光是看著，就令摻雜著緊張與高昂感的血液流過手背。
開始隱隱作痛了。
島村說，她從母親那裡拿到了會員可以用優惠價購買的游泳池使用券。而且也不會有太

多人來，所以來這邊會比較好。的確，這個時期的這種天氣下，要是去戶外游泳池，大概會誇張到用擁擠還不足以形容吧。這麼一想，就覺得來這邊或許是對的。

櫃台人員跟我們兩個說通過櫃台右轉以後有更衣室。

一右轉，就立刻看到了位於玻璃另一頭的游泳池。那裡沒有燈光，是個昏暗程度適中的空間，可以看見當中有老人家在游泳。後面的牆邊也有不少人在走路。在那裡的盡是老人和中年人，好像看不太到年輕人。仔細想想，雖然現在是暑假，不過今天是平日，一般大人都在工作，會看不見他們的身影也是理所當然。他們想必會在晚上來吧。

「後面也有三溫暖喔。雖然用游泳池券應該是不能進去啦。」

是喔——我沒什麼興趣，就隨便點點頭回應。

就算不用特地進去三溫暖，也只要在外面走走，就會馬上滿身汗了。

島村在自動販賣機前停下腳步。我以為她要買什麼，也停了下來。

「也有三溫暖喔。」

不知為何，她從剛剛開始就一直重複一樣的話兩次。島村究竟是怎麼了？

她今天的奇怪程度比平常多了兩成。

我們走進更衣室，而我走著看向置物櫃時，腦海裡閃現了一個事實。

快步逼近的那個事實隨著我往前進而硬化，變成一道牆壁阻擋著我。

我得跟島村一起換衣服嗎？

這照理說沒有任何問題，我卻差點冒出奇怪的想法。不，要說我對島村的裸體有沒有興趣，當然是沒有。畢竟我又不是那種人。可是這是為什麼呢？我確實有種無法把視線放在她身上，很類似害臊的一種感覺。我搞不懂身體感受到的折騰是出自何種原因。

櫃台給我們的鑰匙只隔了一個號碼，幾乎就在隔壁。這樣……根本遮不住。我們彼此需要遮什麼？所以到底要遮什麼？我轉著置物櫃鎖的手很不穩。

斜眼看著放下包包的島村身影的我，到底是怎麼回事？

這股像是衝動的悸動，其泉源到底潛藏著什麼東西？

我嘗試用哲學式的問題模糊掉自己的苦惱。沒有成功——我的心臟劇烈跳動。

島村脫下衣服。然後，露出了泳裝。

「……」

看來她好像預先穿在底下了。她穿的是學校規定的泳裝。

「……………………………………」

島村邊戴起帽子，邊看向我。

「怎麼了？」

「沒事……」

我搖搖頭。猛力搖頭。我故意不講清楚自己在否定什麼，搖了搖頭。

「啊，妳覺得先穿好泳衣再來很像小學生嗎？」

島村調整肩帶的位置，發出小小的笑聲。
「不，不是那樣……可能是吧。我有點這麼覺得。」
我決定當作是這麼回事。
「因為這樣比較方便，就變成類似一種習慣了。」
呀哈哈哈——島村難得害羞地撇開視線。
「哈哈哈……」
哈哈。
不過，她穿的是學校泳衣真令我意外，像我帶的就不是學校泳裝。
把蛙鏡戴在泳帽上的島村在等我過去。而且不知道為什麼，她還雙手抱胸。我得在島村面前脫衣服嗎？這次換另一種動搖襲向我。要在……島村面前……脫衣服。我的思緒被切成許多碎片，一種好像頭衝進雲裡的溫熱薄霧包覆了我的臉。
我抓著衣角，僵直了一陣子。
不不不。
我沒必要在意這種事情，沒必要。我靠著氣勢脫下衣服，伸手摸向內衣。
腦海裡浮現有如車輪和鐵路擦出火花的情景。
我的腦袋思緒被磨亮了。
「嗯……」

我嚇了一跳。

雖然很在意島村這段簡短反應，不過我還是繼續脫下內衣。我動作匆忙地從包包裡拿出泳衣。

早知道就先拿出來了。我為自己的笨拙感到暈眩。

「喔～」

好在意。腦袋變得一片空白的我拉起泳衣。

「喔喔～」

感受到的刺激聚集在頭頂上，彷彿有花朵要綻放。

我無法繼續逼自己不在意，便光明正大地看向島村。

島村正看著電風扇，發出哼聲。

她正配合電風扇的旋轉功能左右走動。

「…………」

我用手遮住臉。搞不懂，我搞不懂島村啊——我默默如此嘆息。

感覺她變得有點像永藤。

「啊，妳換好泳衣了嗎？」

「……嗯。」

「喔，原來妳不是穿學校的泳衣啊。」

「嗯……」

以剛才看到的游泳池氣氛來看，反倒是特地去買泳衣的我會顯得格格不入。大概。藍色的連身裙泳衣跟島村的泳衣相比之下不會極端顯眼，對我來說是種小小的救贖。

「很可愛嘛。」

島村前傾著身體看我，用輕快的語氣這麼誇獎。

她說的可愛是指我還是泳衣呢？總覺得問出口，她會故意使壞說「到底是妳可愛還是泳衣可愛呢～」，所以我打了退堂鼓。不過，既然都受到她誇獎，就別讓自己不開心了。

我瞄。

弄濕腳下的消毒水一反預料，很溫暖。裝在天花板的淋浴設備沒有流出水來，相對的，出口那裡飄來了陣陣刺激鼻子內部的氣味。是氯的味道。我很久沒聞過這個味道了，甚至需要一點時間才能察覺是什麼。我瞄。

我們走進游泳池邊。不久後鼻子也已經習慣氯味，不會多加在意了。

游泳池總共分成六個水道，而我們似乎只能使用就在面前的第六水道。其他水道有大人們在默默游泳。這不是可以開心玩耍的氣氛。再說，我根本無法想像自己跟島村一起開心玩耍的模樣。我瞄。

走在最後面步行水道的人在看著我們。大概是很難得有我們這個年紀的人來這個地方吧。不曉得島村是不是很習慣來這裡，她一點也不在意周遭的視線。她只有移動雙眼，看著跟游泳池有點距離的最後面一帶。

「妳在找誰嗎？」

難不成是那次祭典跟她在一起的女生？我擅做想像，弄得胃底一陣灼熱。

我瞄。

「咦？嗯……哈哈哈哈。」

聽我這麼問的島村抓抓臉頰想敷衍過去。在這令人在意的時刻，我又偷瞄了一次。

「……嗯？」

我不經意地察覺到自己在偷瞄的事實，雖然很吃驚，我還是刻意注意一下自己到底在看哪裡。

走一走。我瞄。稍微慢一拍再走。我瞄。果然——我不禁面色蒼白。

我發現自己一直看往島村的屁股。呃，也不是很明顯地直盯著不放，而是斷斷續續地頻繁偷瞄，察覺自己會這樣以後，臉頰就像是泡進熱水裡似的瞬間變溫。我的臉色一下蒼白，一下充血的，一刻都靜不下來。變化比漲退潮還要激烈。

我尤其注意泳衣跟屁股之間的分界線。為什麼？——雖然是自己的舉動，我卻止不住心裡的疑問。我的臉頰和頭就像添了燃料般發燙。我流出汗水，心想要趕快冷卻一下而看了周遭，發現旁邊就是游泳池。我用掉進水裡的感覺傾斜身體，落入水中。穿破柔軟的水牆，沉入游泳池底，面向上方。我沒有戴上蛙鏡，水質也因為氯而變得模糊，不過我看見了水中的天花板。

我吐著氣，打算先面對那天花板，直到腦袋冷卻下來。我捨棄空氣，漸漸下沉，就看見有水柱往上衝去，搖動那天花板。戴上蛙鏡的島村也下水了。她一樣吐著氣泡，蹲到以大字形沉進水底的我身旁。我的視線飄往身體前傾的島村身上泳衣和腋下附近的分界線。我忍不住定睛凝視。為什麼從剛才開始就老是注意這種地方——我吐出太多空氣，導致呼吸困難，就連忙回到水面上。臉回到水面上後的我有點嗆到，不久島村也跟著浮上水面。

「妳好像馬上就開始在享受了呢。」

「咦？嗯，算是吧……」

垂著鼻水的我抽搐著臉，發出「嘿嘿……嘿嘿嘿」的笑聲敷衍過去。

游泳池這種地方，跟島村一起來說不定意外危險。會被她擾亂思緒。

呼吸穩定下來以後，我用手擦拭自己的臉。終於開始感受到游泳池水的冰涼感了。

我把肩膀以下浸在水裡。好了——雙眼率先游移起來。

要做什麼好呢？我不想像其他水道的人一樣拚命游泳，鍛鍊身體。

「真舒服呢～哎呀～太棒了。」

島村好像光是能逃離炎熱天氣就心滿意足了，身體浸到下巴都能碰到水的她，正在水裡不斷徘徊。她這樣好像鱷魚，感覺好可愛。呃，先不管鱷魚本身可不可愛啦。

「啊，對了。」島村往我這裡過來。她的臉跟手在水面附近游動，好像一隻青蛙。等著

等著，島村就把手放到我的頭上。她的手微微上下移動，撫摸著我的頭。

「我前陣子說得太過火了，對不起喔。」

她像在哄小孩似的對我道歉。我是對她把我當成小孩感到有些疑惑，不過先不管這個，她突然對我道歉，害我慌得不知道該怎麼反應。

「啊，不，島村不需要……道歉。」

「嗯，其實我也不是在說那樣是好是壞就是了。」

怎麼說，這回應很有島村的作風。如果說喜怒哀樂有如四季，島村的聲音就是讓人感受不到季節。氣溫固定，風也很平穩。雖然生活起來很舒適，但——

「不過那也是我的真心話之一，我沒有說謊。」

島村不會編造「我不小心就說出口了」、「就是以牙還牙」等藉口的乾脆態度，讓我得到了少許救贖。因為我覺得這樣比她模糊掉自己的真正想法，還要真誠許多。

島村不只像個姊姊，而是簡直像個母親一樣一直撫摸我的頭。

甚至覺得隔著帽子摸很可惜。當我隨著搖盪的水一同感受安寧時光時——

「然後啊，安達。」

「嗯。」

「我覺得，妳應該也可以試著跟更多各式各樣的人當朋友吧。」

「……咦？」

我不禁大幅抬頭。島村語氣平穩，像在教導我般地說：

「我不是叫妳別跟我當朋友，是妳也把視野擴大到其他人身上應該比較好的意思。怎麼說，我在想那樣會不會比較穩定一點。」

我一開始還在排斥島村的話語傳入耳中。

而說完這段話的島村彷彿在等待我不再排斥，默默不語地凝視我。

不久，隨著水面搖盪的肩膀縮了起來。

這才終於開始思考。

我對島村投入過多感情，結果變成了那樣，所以以島村的角度來說，會提出這個提議可說是極為理所當然。一切都是我的錯。不對，這並非錯不錯的問題。

感覺她好像想說「妳稍微冷靜一點吧」。

就算她的舉動是正確的，還是帶給我不少類似失意的情緒。感覺好像被布下了防線。

好像有隻手放在我額頭上，要我停下來一樣。

「我考慮……看看。」

現在的我光是為了收拾場面而點頭答應，就用盡了全力。

「嗯。不過這部分要看妳的價值觀，我是不會太強迫妳啦。」

我覺得這段話有種強調「但我不知道會不會奉陪妳到最後喔」的言外之意。

對。我感覺最近跟島村相處得還算順利，就不小心忘了。

島村並不溫柔。

她很有器量，卻不會主動想要填滿那個器皿。

我就像是從頭被澆了冷水……不是因為現在待在游泳池就開玩笑，是真的有如天降冰水一樣，冷到心底。總覺得接觸著的肌膚，比游泳池的水還冰。

這時候，我才終於察覺自己漏掉了一個重點。

我直接面對事情根本沒解決，甚至不成問題的事實。

昨天講電話時她也沒有意識到是吵架，而很乾脆地和好這件事，實際上也只是整件事在島村眼裡幾乎是風平浪靜。所以昨天到今天之間，才會無風無雨地輕鬆度過。順利和毫無起伏雖然很像，卻是完全不一樣的情況。

我對島村對待我的態度，感到毛骨悚然。

「島村……」

明明這麼近，卻感覺我們之間有距離。我害怕著這點，呼喊島村的名字。

「嗯？」

島村的反應緩慢到有種悠哉的感覺。

接著——

我看到島村背後有什麼東西在動。那邊冒出了氣泡，當我好奇地伸長脖子去看的瞬間，島村就沉了下去。她被潛在水裡的人影抓住肩膀，直接拉進水裡。

「喔喔喔喔！島村！」

我正不知所措的時候，先迅速浮出水面的人影留下剛才好像也聽過的「嘿嘿嘿」笑聲，濺著猛烈的水花離去。就連分隔水道的分隔線也是大大張開雙腳，絲毫不費吹灰之力地跨過去。明明是在水裡面走，動作卻莫名快速。雖然我沒實際看過，不過河童是否就是會做出那種野性動作的生物呢？是說，她是幾時來這裡的？

浮上水面的島村擦擦臉，瞪往水花濺起的方向。

從她的側臉可以看到嘴角正在抽搐。雙眼也垮了下來，直盯著前方。

那看起來勉強還算是笑容。

「安達，不可以變成那種大人喔。」

「嗯……」

我心不在焉地回應她，同時注視著她那滴著水珠的臉。

島村把自身感情表露在外了。

而且雖然看起來像在生氣，實際上卻沒有半點厭惡。

只有親人之間才擁有的東西，就出現在我眼前。我打心底羨慕她們。

我或許會希望自己和她之間，是會被擺出這種臉色的關係。

離開運動健身房後，若無其事跟我們會合的島村母親對島村說：

「妳到肉店去買可樂餅回來。」

「在那之前，妳是不是至少該說點什麼呢？」

「要小心車子喔。」

「真、是、謝、謝、妳、喔。」

她們母女倆感情真好——我在一旁看著她們的對話。

就算是我，也看得出這一點。

之後，我就載著搭在腳踏車後座的島村，前往「永藤肉店」。店門口不知為何畫著一個有水藍色頭髮，很像妖精一樣的角色。好像在哪裡看過。

我們買東西的時候，沒有看到永藤出來顧店。

「都不常看到永藤顧店呢。」

「啊～不行啦，那傢伙沒什麼用。」

站在店門口的一名滿頭大汗，很像是永藤父親的男性這麼回答島村，搖了搖手。

我總覺得店裡好像有什麼東西在搖晃著門，但我決定當作沒發現。

無論如何，這麼一來就達成跟島村一起買東西的項目了。

……算……是吧？

我們買完晚餐的配菜，就回去島村家了。我是第二次來住島村家，不過這次廚房裡還事先準備了給我坐的椅子。

這樣弄得餐桌前擠了一堆人，讓我很過意不去。我們彼此間的距離很近，而從中產生的熱氣，大概就叫作和樂融融的氣氛吧……雖然是我自己說要住下來的，這樣說有點不太好，但我不喜歡面對這種用餐場面。

與其說是不喜歡，應該說是機會太少了。我覺得自己體內沒有應付這種場面的抗體。沒有免疫力的話，不論是多麼優良的營養，都會化作毒物。

「不好意思，要在你們這裡吃上一餐了……」

「沒關係的。」

「不用在意。」

島村母親說完後，水藍色的女孩子也搭著順風車這麼說道。

「妳這傢伙～輪不到妳說啦。」

「呵呵呵呵。」

水藍色的女孩子（忘記叫什麼名字了）以一副理所當然的樣子坐到餐桌前，甚至和島村母親談天說笑。島村的妹妹和島村父親也是絲毫不在意她的存在。

「別在意別在意。」

島村若無其事地喝著味噌湯，如此忠告我。該說她很有包容力嗎？

是因為在這種家庭長大，所以島村也莫名有胸襟寬闊的部分嗎？

要是在我家，根本不可能允許那個女孩待在家裡。最糟的情況是我母親會叫人來。

「我母親總是那個樣子。」

啊，是指這個啊……我再次理解到島村真的是很獨特的人。

雖然那大概就是猛烈吸引我注意力的一點。

還有，她還沒全乾的頭髮散發著光澤，感覺好美，讓在一旁側眼看著的我好感動。

我默默吃著島村家準備的餐點，思考白天去游泳池的狀況。

和大家好好相處啊……這的確可能是很棒的一件事。

若是沒有銳角的圓滑石頭，應該也能在時間的洪流中順暢漂流。

那樣很棒。

應該。

我會無法確實想像是什麼感覺，大概是因為我沒有親身體驗過。

我的經驗徹徹底底地不足。

這麼一來就會演變成「那就去累積經驗吧」，而我知道島村也會默默鼓勵我那麼做。而且到了那個地步，我也會覺得「好吧，那就努力看看吧」。

就算知道自己不適合那樣，也會遇到需要適應環境的場面。

而現在就是需要那麼做的時候。大概。

我喝著餐後茶，獨自如此理解。

既然這樣，那我第一個該培養感情的人就是──我微低著頭觀察她。啊，她已經離開餐桌了。我也在一口氣喝完正在喝的茶以後，說聲「我吃飽了」離開廚房。

我最先找上的，是島村的妹妹。她是島村的妹妹這點也是先找她的理由，但更重要的是，她和我很像。雖然很難接受，不過我們的氣質很相似。

跟自己很像的人期望些什麼，或許會比較好理解。

我追著想回房間的島村妹妹來到走廊上，加快自己的腳步。走著的同時，我依然還沒下定該不該找她的結論，就這麼在沒能下定決心的情況下立刻追上她了。

我沒怎麼意識到我們之間的步幅差距。

我超前她，繞到她正前方。島村妹妹的髮飾因此晃得大幅跳動。

看著看著，我也下意識用手指摸自己的髮夾。

「那個……！」

無法完全掩蓋心中慌張的我開口向她搭話。差點就要破音了。

「呃，我是……安達櫻……」

我把手放在胸上，對她自我介紹。張大眼睛和嘴巴的島村妹妹漸漸收起表情。一個可以完全被我的影子覆蓋住的嬌小女生，一臉不悅地抬頭看我。

我感覺自己快被她的氣勢給震倒了。

「我是島村的……啊，妳姊姊的朋友。」

我的聲音中有著簡直像用拙劣英文對外國人打招呼般的不自然感。

為什麼會這樣？這樣超可疑的喔，我。

「是喔。」

島村妹妹的反應很冷淡。而周遭的空氣就彷彿我人待在沙塵裡面，呈現粉末狀。

那些粉末黏在喉嚨上，感覺聲音快要沙啞了。接著，我就突然變得想要落荒而逃。

但是，一種逼我不能照著以往做法去做的強迫觀念化為了刀刃，抵著我的腳跟，不許我後退。

那刀刃甚至要我露出不像樣的笑容，命令我要撐住。

我硬逼自己露出笑容。眼下擠出的皺紋表現出這個笑容並不自然。

島村的妹妹嚇了一跳，而我趁她正感驚訝的時候，又踏出一步。

「所以，那個……我想跟您？您……妳……妳。我也想和妳增進感情——」

——我是這麼想啦？

「啊，所以為了增進感情……呃，就在想今晚要不要一起相處一下。」

「今晚？」

「是。」

「要做什麼？」

明明只是單純待在浴缸裡面，我卻聽見了類似桶子落地的清脆聲響。

當然，這只是用熱水加熱了很久的腦袋編造出來的幻聽。

「…………」

跟島村的妹妹一起入浴，讓浴缸變得很狹窄。或許也因為我們彼此面對面，所以才更這麼覺得。

不，這整件事絕不是我把島村妹妹強行帶進浴室，還剝光她的衣服。我只是這麼提議以後，就推著島村妹妹的背來到這裡罷了。所以，應該還是有得到她一定程度上的同意。雖然當事人島村妹妹從剛才到現在都沒說半句話。

我在想，這應該是和小孩子培養感情的最好方法吧。

話說回來……

這樣就達成想做的事情清單上「跟『島村』一起洗澡」的項目了。

……雖然有點像是在玩文字遊戲。那該貼貼紙嗎？真傷腦筋。

「妳是姊姊的朋友嗎？」

島村的妹妹把半張臉浸在水裡，直盯著我。

聲音中還摻雜著「啵啵啵」的吹泡泡聲。

「呃，是……是的。」

由於她突然跟我搭話，再加上我無法拿捏彼此的距離感，讓我的用詞飄忽不定。

我不知道她確切的年齡，不過她大概比我小五到六歲，而我卻對這樣的女孩子講話恭恭敬敬的。

「交情怎麼樣？」

島村妹妹的提問讓人很難回答。

要是我知道我們交情到什麼地步，我也不會一直煩惱，也不會卻步了。

「比起妳跟姊姊認識的時間，我當了姊姊的妹妹更久。」

她在我回答之前先這麼說。這時才知道我誤會了這個問題的意思。

原來問的不是交情有多深，是認識了多久啊。

想想如果有小學生會問交情有多深，也是挺恐怖的。

「就是這麼一回事。」

有如後來補上的客氣語調就像泡沫一樣突然冒出，又立刻散去。

……看來她好像對我抱有競爭意識。島村的妹妹應該也很依賴姊姊吧。所以才會看不慣我的存在。

若她真的這麼看我，也是挺令人高興的一件事。我在她眼中，真的具有那麼大的影響力的話。明明反倒是我會光因為她是島村的妹妹，就很羨慕她。因為我一直想和島村有個名字上的聯繫。

現場陷入沉默。彼此默默洗好的頭髮上，落下了水滴。
得做些什麼才行——我焦急起來，一股緊縛著腦袋的熱氣逐漸高漲。
在游泳池的時候也是，光是進去裡面，事態也不會有所進展。不論事態會好轉還是惡化，能夠跨越停滯的，就只有採取行動。
這種情況下，該怎麼做呢？乾脆往她臉上潑水試試看？不對，挑釁她是要做什麼。
可是，這裡也不是寬廣到能找到其他著眼點的地方。島村家的浴缸雖然很深，卻不是很寬。是像簡易浴缸那樣的方形構造，窄得連腳都沒辦法伸直。
就算我再怎麼縮起腳，偶爾還是會碰到島村妹妹的小腳。
明明並排坐著比較不會這麼擠，為什麼我們要面對面呢？
即使不特別注意，眼神也會不小心交會，讓我產生當中擦出了溫熱火花的錯覺。
在熱水當中熱血對決——我的腦袋已經熱到會想到這種很隨便的形容了。
「為什麼是一起洗澡？」
島村妹妹簡短地對我提出疑問。
「請問是為什麼？」
「想說……和妳培養一下感情。」
我覺得完全無法展現年長者該有的態度的自己太沒用，嘴角不禁垮了下來。
那或許看起來正好像是露出了不像樣的笑容。

島村妹妹噘起了嘴唇。

「為什麼？」

她問了最讓我傷腦筋的問題。

找不到答案的我，感覺快迷失在水蒸氣裡了。

「……為什麼呢？」

因為島村要我跟別人培養感情？因為想受到島村認同？因為更想受島村——

這些全是正確答案，但沒有別的理由了嗎？

我沒辦法在沒有這種婉轉理由的情況下，去愛周遭的人嗎？

我們已經泡在熱水裡很長一段時間，島村妹妹臉上的紅暈也愈來愈紅。

我往她的臉看著看著，就想到了一個應該相關的話題。

「呃……妳……很喜歡……妳姊姊嗎？」

「啥？」

島村妹妹爬起身，讓水面激起水花。水花也濺到了我臉上。

她臉上的紅暈擴散到耳朵上，究竟是溫差導致，還是——

島村妹妹深深坐回浴缸裡，用聽來像是故作鎮定的低音說：

「才沒有，普通喜歡而已啊……普通喜歡而已。」

可以看出她發燙肌膚底下的內心正在逞強。真好懂。

在旁人眼中的我，也總是這個樣子嗎？

「這……樣啊。可是我覺得島村大概很喜歡您……喜歡妳。」

喉嚨揪得很緊，胸口在對我訴說著感受到的痛苦。

「所以，我希望自己也可以喜歡島村喜歡的人。」

在悶熱空氣的催化下，我滔滔不絕地講著。

我真的這麼想嗎？反倒正好相反吧？

我害怕島村喜歡上我自己以外的某個人。我討厭那樣。

這更接近我的真心話。

那我到底在說什麼傻話？

我現在違背自己的真正想法，在這裡做些什麼？

這讓我感到一陣暈眩。意識真的開始陷入混濁了。

「那跟我們現在這麼做有關係嗎？」

「因為我覺得重要的事物還是大家一起好好珍惜，才比較能守護住。」

這些違心之論究竟是從何而來，又是怎麼有辦法說出口的？

我的腦袋深處嚴重過熱，感覺都要從耳朵噴出水蒸氣了。

會這樣的原因，或許出自對光明正大——對光明正大地講著大道理的自己，所感到的羞恥情緒。

「妳講的話好像學校老師會講的一樣……呢。」
島村妹妹以精準的形容直指我過度修飾的表面話。
隨後她先是隔了一小段空檔，才說：
「好像我一樣。」
說完，島村妹妹稍微露出了笑容。
不是燦爛地笑，而是小小的微笑。
雖然大半是來自嘲諷這種與喜悅相距甚遠的感情，但我有種真的有那麼點得到共感的實感。若多少增加了對彼此的了解，那這麼做就應該有些意義存在了吧。我希望是這樣。
就算無法一次縮減一百步的距離，也只要能一步步地接近就好。
接著——
「可喜可賀？」
一道水藍色突然竄出來，害我嚇得差點跳開。
「呀呀！」島村妹妹也被從旁介入的那個人嚇到。
「小社，妳什麼時候進來的？」
「呵呵呵，小同學也還有很多不知道的事情呢。」
重點在那邊嗎？明明門也沒有被打開，她到底是從哪裡進來的？
而且她還穿著衣服。有獅子造型兜帽的睡衣正咬著她的頭。

面對島村妹妹的女孩子又轉身面向我。蔓延周遭的水蒸氣和她的水藍色光輝互相輝映，讓她背後出現了藍綠色。總覺得吸進去，那種空氣就會清爽地直衝胸口深處。

但不論吸進多少，那也只不過是單純的水蒸氣。

「這樣就可喜可賀了嗎？」

她重複剛才的提問。這次，她很明確地對著我問。

目前事態還沒進展到能說可喜可賀。豈止這樣，甚至什麼都還沒開始。

澄澈無暇的雙眼只在那一瞬間退去它的稚嫩，讓人窺視到當中的深奧。那是感覺不到盡頭和壁面，相當寬廣澄澈的眼睛。就像裡頭不只是寄宿著星辰，而是宇宙一樣。

和這雙眼相視的我找不到著力點，吐出語調徬徨的一句話。

「大……大概吧。」

應該這樣就好了吧。

應該。

「那就好。」

說著點點頭的女孩子先前散發的聰穎氣息瞬間消失，露出純真的笑容。

「那麼，我就先失陪了。」

「啊，小社妳等一下。既然都來了，就順便洗澡吧。」

「我不要～」

女孩子手伸向前方跑步，想要逃離這裡。雖然她進來的方法很不可思議，不過回程好像打算正常地從浴室門口出去。「給我站住！」這麼說的島村妹妹衝出浴缸。她也是瞬間拋棄到剛才為止的僵硬和表面姿態，露出符合她年齡的態度。

「抓到妳了！」

「喲～！小同學妳做什麼。」

女孩子尖聲回應緊抓著自己的島村妹妹，互相嬉戲。看見她們會讓人聯想到日野跟永藤那種關係的親近互動和距離感，我學到了一件事。

所謂要好，原來就是這麼回事啊。

……咦？那我先前的努力全是白費了嗎？沒有半點成果嗎？

也不是沒有成果。我很希望不是沒有成果，但我一想要動腦，頭就開始暈了。

我把頭靠在浴缸邊緣，感受著遠處的喧鬧仰望天花板。

某種朦朧的東西滲進耳朵和眼睛裡面。

「……好——」

熱。

我泡暈了。

我閉著眼睛，電風扇葉片轉動的聲音包覆了我的臉。
我躺在讓我住的二樓房間地上，讓身體休息。
皮膚燙得像腫起來了一樣。身體的高溫到現在都還沒有冷卻下來。
島村的妹妹沒問題吧？她在那之後也繼續跟水藍色的女孩子在浴室裡玩。
她們還真有活力耶——我差點就忍不住用望著遙遠事物的眼神看著她們了。
就算我在大人眼中還是個孩子，時間也確實在流逝。
仔細想想，我也已經走過了不少時間。
有人敲了房門。我伸直的雙腳因為期待而變得僵硬。
「我要進去嘍。」
事實回應了我的願望，前來的人是島村。我睜開眼睛，轉頭看向她。
換上睡衣的島村手裡抱著用毛巾包住的枕頭。
「我拿冰枕過來了。」
「謝……謝謝。」
這時，島村像是想到要怎麼惡作劇一樣，彎起嘴角問我：
「妳想要靠在冰枕上，還是我的腿上？」
「腿……腿上！」
我毫不猶豫地上鉤了。這就叫蠢蝦虎魚現象嗎？（註：因蝦虎魚隨便釣都能上鉤）

島村被我回答的氣勢跟內容嚇到了。冰枕裡頭的水不斷搖盪。

「不過我覺得用冰枕比較好耶。」

「不……不用，我已經沒事了。」

我搖手表示自己狀況良好。啊，可是說很有精神的話，感覺會變成也沒必要躺大腿。

「是還有一點不舒服，只有一點不舒服的話，躺島村腿上就好……」

堅持到這種地步，她會不會覺得我很奇怪？不對，現在才考慮這個也太遲了。

因為我在島村眼裡就是個怪人。

怪異程度還不輸那奇怪的髮色。冷靜想想，這還真是不得了。

島村遮嘴笑著跪坐到電風扇前。然後抓住我的頭把我拉過去。我就這麼順著她的動作，讓頭靠在她的大腿上。她的大腿躺起來很軟很安穩。一股龐大的熱流竄過了我的頭皮。

老實說，這麼做的刺激性太強，對健康好像不太好。視野變得莫名清晰。

就好像腦袋有氣孔，而那些氣孔全部都打開了。

要是島村沒把冰枕擺在我頭上，這股熱流說不定會就這麼進入失控狀態。我被兩個枕頭夾著，視野變得很狹窄。這種體驗真是太奢侈了——這麼想的我，腳也在小幅度地打轉。

要是泡澡泡久一點就會演變成這種情況，感覺每天都會泡到皮膚皺掉。

「舒服嗎？」

「唔……呼嗯。」

可能是因為被冰枕壓著臉頰，我的回應變得很含糊。
並不是因為我想要盡可能靠近島村的大腿，就把臉壓在她的腿上。
就結果來說還是變成這麼回事，也全是冰枕太重的關係。
「記得妳不是說自己變得很耐熱了嗎？」
島村對我昨天在電話裡隨口說說的藉口提出疑問，她大概是故意這麼問的。這時候……
就裝作沒聽見吧。
我故意呻吟，裝作現在沒有餘裕回答問題，接著島村就突然說了段莫名其妙的話。
「不過也是啦，冰雕要可以耐熱很難吧。」
這讓我心中冒出太多疑問，我無法不理會這句話。
「那是怎樣？」
她突然在說什麼？
「咦？妳不知道啊……也是啦，畢竟不是妳自稱的。」
「什麼意思？」
「之前在二年級教室裡——是哪一個來著……應該是桑喬或潘喬吧。總之，我從跟妳讀同所國中的同學那裡聽說妳國中被人叫作冰雕。」
「……我……」
我都不知道有這種事。畢竟國中的時候幾乎沒跟別人講話……啊，所以我才會不知道，而且原來我被人取了這種怪綽號嗎？冰？為什麼是冰？我有那麼冷淡嗎？

「但是現在看看，與其說是冰……」

島村話只說到這邊，我也從氣氛感受到她把視線撇向一旁。

「……與其說是冰，然後？」

「呃，這個嘛，嗯。」

哈哈哈——妳那尷尬的笑聲是什麼意思？這讓我好想繼續問下去，又好想哭。

冰雕是怎樣啊。超讓人不好意思的。

感覺以後會一直被她調侃，光是想像未來的情景，就覺得我的頭真的要融化了。

我默默苦惱著的時候，島村這才終於轉換話題。

「其實要妳讓我躺大腿比較輕鬆就是了。」

「那……當然啊……」

我仔細思考是被誇獎什麼，還是她想尋求什麼，使得我的肯定回應變得很緩慢。這不是高不高興的問題，單純就是島村想要偷懶罷了。記得上一次讓島村躺我的腿上，應該是冬天那時的事情了。

俯視島村睡臉時的那種類似激昂的感情，究竟叫什麼名字呢？

總覺得要找到這個答案非常簡單，但我現在依然在尋找那個答案。

「原來妳想跟我妹一起洗澡嗎？」

聽到島村忽然這麼問，我睜開了眼睛。

要是直接說「嗯，沒錯」，很有可能造成某種糟糕的誤會。

我不斷揮動自己的手，向她解釋。

「呃，那個，重點不是在洗澡。我是想……和她培養一下感情。」

對方是島村的時候，洗澡才會是重點。我差點連這段話都說出口了。

「那有變得要好一點了嗎？」

「……應該多少有。」

大概是一百萬變成一百萬零一的程度。

事情經歷愈多次累積，每一步帶有的價值、意義和份量就會愈來愈淡。

這真的很奇妙。得出愈多成果，就愈不會發現單一一步的存在。

「是喔。」

島村搖動冰枕。在那底下的我的頭也跟著晃動。

冰塊游動所產生的方塊碰撞聲響，在我的臉頰上舞動著。感覺那些冰塊會在我散發出的高溫下迅速融化。

「不過，可能還算滿喜歡妳的吧。」

胸口一緊。喉嚨也緊縮起來。我差點就發出了怪聲。

「……！……！……」

我還以為她說喜歡我。可是仔細想想以後，我就察覺她應該是在說島村妹妹。所謂失意就是這種狀況嗎——我嚐到一種失望的滋味。

「不，那倒不可能。」

「可是……啊，我之前可能說過，其實我妹很怕生。如果是不熟的人，她應該不會願意一起洗澡。」

「……這……」

我的回應就跟遭到睡魔侵襲的時候一樣，含含糊糊的。

島村妹妹會願意陪我洗澡不是出自好感，而是有更複雜一點的理由。

她會接受我的提議，說不定是想確認身為姊姊朋友的我是什麼樣的人。她給了我什麼樣的評價呢？是把我當作黏在姊姊身邊的小飛蟲嗎？

要是被那麼小的孩子說成「像蒼蠅一樣煩的傢伙」，我會沮喪到沒辦法振作。

「我想……她應該考慮了很多吧。」

「是嗎？」島村一開始是顯露對我說的話心存懷疑的反應。但不久後，又聽見島村語帶理解地說：「嗯，可能喔。」

「畢竟應該有些事情我不會了解，只有妳看得出來。」

有很多事情都是這樣。像是島村有多棒，還有島村的臉龐有多溫柔。

我看到的大概盡是些她本人感覺不到的事情吧。我所想的，我所感覺到的，大多和島村

不一樣。這是目前的狀況，不過，我希望看著不同景象的我跟島村，會有能夠看著同樣光景的一天到來。

我從枕頭的縫隙之間，看見了電風扇在轉動。

「而且妳雖然平常是那個樣子，應該也有很成熟的地方。」

我很在意被用「那個樣子」這個模糊字眼含糊帶過的評語，但是我更在意的是這句話的後半段。

成熟的地方……哪裡成熟？

是我在意別人在意得不得了，弄得自己很苦悶的技能有一定水準這一點嗎？

「我問妳喔，妳會想長大以後要做什麼嗎？」

或許是因為聊到成熟，島村問了我這個問題。

她應該不會期待我提出充滿智慧和哲學的回應吧——於是我沒有想得太深入，直接回答她說：

「長大以後……就去工作？」

我自己都覺得這回答無趣得可以。躺大腿害得我沒有閒情逸致思考這種事，也占了大部分原因。

「嗯，想必是會去工作啦，不過我在想的是長大以後會怎麼工作，又會變成怎麼樣的大人……之類的。」

島村的話語在舌頭上打轉。不對外尋求解答，只是在詢問自己。

會變成怎麼樣的大人——即使對未來抱有數不盡的不安，卻也不常具體思考這個問題。我光是應付當下，就快忙不過來了。滿腦子都是跟現在的島村有關的事情。光是像這樣被兩個枕頭夾著，腦袋的靈活度就變得比預料中還要糟。

這樣的我對於長大後的自己抱有的期望，相當單純。

即使長大了，我也想待在島村身邊。

雖然我實在覺得這個願望根本是來自自己孩子氣的心靈。

「差不多開始覺得涼快了吧？」

「……有一點。」

這有一半是謊話。被冰枕壓著的臉已經冰到肌膚都收縮起來了。

但貼在腿上那一側的臉頰很燙，而我還想繼續享受這種感覺下去。我試圖用說謊延長這段時光。

「唔……難道冰枕也沒什麼效果嗎？」

「咦？」

島村把我臉上的冰枕拿開。不只如此，她還抽走讓我躺著的腿，站了起來。叩地一聲落到地板上的我領悟到自己失算，心裡滿是後悔。

唔啊啊。

在我感受著無法言喻的後悔時，島村看向了窗外。
「外面……不知道怎麼樣呢。應該比房間裡涼快吧。」
要出去看看嗎？島村這麼催促。我繼續說著「唔啊啊」，同時抬起頭。
「外面？」
「嗯。就是那個叫陽台的曬衣場。」
我扭著身體起身，在島村身旁看向窗外。我先前一直沒有發現，不過二樓窗戶似乎可以通到陽台。那真的只是個很小的空間。感覺我們站到那邊，會連擦肩走過的空間都沒有。
我們兩個一起站到陽台上。這裡和房內沒有明確差別，空氣相當沉重，令人倦怠。
就算等了一陣子，也沒有可以替我們拭去炎熱的風吹來。
「不涼快呢。」
「嗯。」
「要回去嗎？」
我搖搖頭，抓起島村的手。我沒有急得用上太大力道，而是還算平靜地碰她的手。因為現在這裡只有我跟島村。我帶著加速的心跳，握住她的指尖。
過了一小段時間，島村重新牽過手，回握了我的手。
冰透了的半邊臉上，有股熱流以網狀方式竄過。
我就這麼直直凝視前方景色。

映入眼簾的，是遍布各處的住宅區一角。

我看向浮現在黑夜中的住家與紅色鐵塔的燈光，就覺得自己好像在窺視宇宙或是深海。高濃度的黑暗填滿了城鎮間的空隙。但一望向在夜空中緩慢飄動的雲，我便得知夜晚也存在著讓我們深受吸引的光輝。

高聳建築物的燈光，鐵塔的閃爍亮光。以及月亮的光芒。

夜晚吸入了自然與我們發出的明滅光亮，再淡淡映照出光輝。

我很歡迎這樣的天空，毫不厭膩。

我會覺得，堆得很高的雲朵很美。

而島村也——

至少，我和島村現在是看著一樣的光景。

我們牽著手，彼此像要張開翅膀似的保持一點距離。

我思考著，在無風夜晚下的這道聯繫，會有什麼樣的名字。

附錄「永藤家來訪者２」

仔細看看，就發現跟日野的房間比起來，我房間根本連倉庫都不如。房間窄得從房門走個三步就會碰到牆壁，再加上又擺滿了整個房間的床、課本跟衣服，連電風扇都被擠得歪歪斜斜的。

日野到底喜歡這個房間哪一點啊？

「這裡可以正面看到煙火啊。」

日野坐到敞開的窗戶旁邊，回應我的疑問。

我的房間在三樓，所以對面房子的屋頂也不會擋到視線。我家整體來說是很高，但寬度窄，所以自然會是這樣。

擺在窗緣的蚊香正靜靜地揚起煙霧。那有點像煙燻的味道。

「只限夏天啊～」

說著，我趴到了日野身上。重重癱在她身上。

「……喂。」

日野的低沉語調從我的胸部底下傳來。

我從後面抱住她，正好就變成我的胸部放在她頭上了。

「很重嗎？」

「啊？……真要說的話，是……很熱吧。」

「這樣啊。那就請電風扇小弟努力一點吧。」

我把電風扇的強度改成「中」。接著，原本輕輕吹著微風的電風扇，就開始發出猛烈的喀喀聲。

「妳這台電風扇沒問題吧？它發出很像我家老爸扭腰會有的骨頭摩擦聲耶。」

「應該是暖身得不夠吧。」

我算錯改強度的時機了。應該讓它維持「弱」一段時間以後再改掉的。

「好想念空調小妹的風喔～」

「趕快找人修理啦。」

日野動起肩膀跟頭，我可以感覺到她正看往房間的右上方。位在天花板附近，被曬得黃黃的白色冷氣正保持著沉默。那不是空調，是冷氣。而且明明是冷氣，卻是個一打開就會吐出三十六度（推測）熱風的彆扭傢伙。

「聽說那個現在拿去修，會比買新的還要貴。」

「那就買新的啊。」

「哪有那種閒錢買啊。」

而且要是修好了，就會少一個去日野家的樂趣。
這樣不是太可惜了嗎？
煙火打上了天空。正確來說，是遠方發射的煙火讓天空變色了。
這就是我跟日野的煙火大會。
煙火「砰砰——！」地炸了開來。
「咻～砰砰砰。啪啦啦、啪啦啦啦。咻咻～」
「吵死了。」
「…………………………………………」
搖來晃去。
「喂，不要左右晃啦，妳胸部會在我頭上動來動去的。」
日野要求真多。
「妳這個不解風情的傢伙。」
日野的聲音跟煙火炸開的聲音混在一起，我沒聽清楚她說什麼。
綠色火光往四方炸開，蚊香的味道模擬著煙火的火藥味。
……綠色啊。看著看著，就開始想吃哈密瓜或奇異果了。
「我說永藤啊。」
「喔，妳又想要求什麼了？儘管來吧來吧。」

「妳對這個家有什麼不滿嗎？」
她的聲音和不斷發射的煙火不搭調，聽起來有些灰暗。
「當然有很多不滿啊。」
「例如？」
「吃掉要拿來賣的可樂餅就會被罵之類的。」
「是喔～原來如此，算了不問了。」
講話莫名快速的日野結束掉這個話題。既然她不問了，那就算了吧。嗯。
砰砰砰——紅色、藍色、紅色的煙火輪流點綴夜空。
夜晚被煙火照亮，火光也像留下抓痕般散去。
「我說永藤啊。」
「唔喔唔喔唔喔耶～」
「妳幹嘛啊？」
看來日野好像完全沒感受到我這麼做的意義。太遺憾了。
我明明是在表達現在心情超級好的。
「……我覺得在這裡看的煙火，是最漂亮的。」
日野在各方面上無視掉我的存在，繼續說下去。
「妳知道是為什麼嗎？」

日野問道。

呵呵呵，這太簡單了。

「當然是因為我啊。」

這是相當明瞭的事實。哇哈哈哈——我沒來由地感到得意。

日野沉默了一陣子，不久便小聲說了句「妳這胸部煩死了」。之後——

「……妳真的是個很不解風情的傢伙。」

不曉得是不是因為是在放煙火的空檔講的，這次我可以聽到日野說的壞話。

摻雜在蚊香當中的溫柔語調，是我喜歡的那個日野。

第四話 「安達再起」

我把多出來的貼紙統統都貼上去。由於空間少到連點小縫都沒有了，所以貼紙都蓋到了文字上。

我看著貼紙變多的想做的事情清單，暫時沉浸在餘韻裡。

回到家以後，我最先做的就是這件事。一天就達成了四項。這就是……因禍得福？不對，那算禍嗎？

正因為發生那種類似吵架的事件，我才得以改變自己。

我成功改革自己的思想，變得不再只拘泥於島村，擴張自己的視野。

成功改革了。

「…………………………」

沒有任何問題。而且在島村的提議下，明天要跟大家一起出去玩。

所謂「大家」，似乎是指永藤跟日野。

好像也可以由我決定去哪裡。

她們似乎願意爽快赴約。

「……啊啊啊啊……」

我感覺自己好像被當成易碎物看待，光想像就差點陷入苦惱當中。

不對，實際上我確實是被當作難搞的小孩。

「……啊，對了。」

我伸直手跟身體，拿起想做的事情清單。雖然會坐立難安，不過這是大好機會，就選個可以讓我貼貼紙的地方吧。我不討厭自己這種意外厚臉皮的個性。因為我最近開始了解到，有很多事物要是太保守，就無法得到。

以往我幾乎沒有想要的東西，所以是無妨。

但現在不一樣了。

要選哪個地方才有辦法貼貼紙呢？我左右揮動著手指。我做的清單上只有寫要跟島村做什麼，如果加上日野她們，選擇就比較有限。再加上字寫得太擠，又太多字，重新看過就發現真的很難讀。我從這點得知自己之前就是這麼期待暑假。

「…………………………」

當時的我會滿意於這種暑假嗎？

……不對，說是「這種」太難聽了。虧島村是在替我著想。

被和自己同年級的女生當成了年紀比較小的人看待，有點悲慘。她的溫柔散發著些許暖意。沉浸在那類似溫暖，卻是完全不同溫度的溫柔當中，就覺得腰部附近開始躁動，很想立刻衝出去。

那絕不是種令人舒適的溫柔。

不過，即使是刻意使然，也確實是種溫柔。
其實我身邊的人意外溫柔。我感覺到自己正為這一點感到困惑。
但這時候不要感到害怕，而是自己也要把這樣的愛傳達給對方，才是正確的做法吧。
我被下達的課題，是身為一個人理所當然要有的——對周遭人的愛。
跟朋友增進感情。
與父母保持良好關係。
愛惜身邊的人。
「應該……」
就是指這些事情吧。抱著膝蓋的我理解了這一點。
至今我不了解，也沒有去理會的道理化作強烈大浪，玩弄著我。
我的內臟變得像在海面上漂流一樣，不斷搖盪。
「……………………」
我吞了兩口口水。我口渴得連本應是液體的唾液都會卡在口中。
我就這麼把頭靠在牆上，一閉上眼，就能聽見某種聲音。
那是種並不明顯，彷彿纏在一起的絲線般的喧囂。
我仔細聆聽，才發現這道聲音不像蟬聲一樣來自外面，而是來自——自己的內心。

「要和島村玩得很熱絡」。

清單上有這一項。正確來說是有類似「牽起手」之類的前提，不過手已經牽過了，於是我把這一項分成一半，貼上貼紙。再來就是剩下這一半。

要玩得開心熱絡，人多一點會比較好。一般應該是這樣吧。

我選擇踐踏完全不那麼認為的自己，試試相信常識這種東西。

若要以這點為前提出遊，那就不能選游泳池。因為我得知游泳池太涼爽，氣氛與其說會變得熱絡，反倒是沉靜下來。呃，雖然我之前會一個不注意就被島村的泳衣裝扮給予的衝擊搞得忙到不可開交，但不是那樣。我要的不是那樣。

經過這般內心糾葛後，我決定選擇去卡拉ＯＫ。我記得之前也曾有這種事，便遵循自己的記憶來做選擇。我不知道還有什麼地方好去，就保守地選了跟上次相同的去處。就像上了年紀的人換車，會買同一款車一樣。不敢冒險，無法飛往任何地方。

我們約好在車站前面集合。總會比預定時間早到，是我的天性嗎？其他人都還沒來。難道我是最閒的人嗎？我是會出門去打工，不過其他時間——我不需要分配時間去和他人做協調，所以搞不好加總起來，我就是最無所事事的人。

而填滿那段空白，就是島村指示給我的道路。

「…………………」

填滿它，會不會導致我窒息呢？

「啊。」

我站在計程車等待區附近的陰影底下等著等著，就聽見了這道聲音。我感覺對方是在跟我說話，結果一回頭，就和一個不認識的女生對上了眼。她戴著眼鏡，腳很修長，大概是女高中生。看起來是不認識的人，但她一直盯著我看，說不定我們曾在哪裡見過面。

那個女生暫時停下腳步後，又立刻快步走進車站當中。

我把頭轉回前方，疑惑地心想：

剛才那個人是誰？明明我認識的人真的很少，卻找不到半個候選人物。

在我回想那個人是誰時，島村來到了集合地點。大概是今天要來離家有點距離的地方，她是騎腳踏車來的。頭上還戴著白色的淑女帽。

若那是島村的東西，也未免太樸素……應該說品味上不符合她的年紀，我想那應該是島村母親的帽子。

「早……啊，已經不是說早安的時間了。午安～」

島村把腳踏車停在我附近，稍稍舉起手。她細嫩的聲音，柔和的表情，和她那帽沿小、綁了一圈緞帶的帽子相當搭調。她散發的氣質看起來和平常不一樣。

「午……安。」

我原本打算用滑稽或輕快一點的語調打招呼，結果失敗了，變得很半吊子。

到底有幾件事，是我想做，而且最後也得到滿意結果的呢？

「日野她們還沒來啊？」

「嗯。」

「那些傢伙大多時候都會遲到。也不曉得問題是出在日野，還是永藤身上。」

天知道——我小聲回應，同時思考要怎麼辦，又該做什麼。

我在島村面前總是這樣。總是想表現自己最好的一面，又想得太多。最後陷得太深，結果反而採取了奇怪的行動。

既然知道這一點，那只要冷靜下來就好了，卻連這點小事都不允許我去做。

我完全被島村擺了一道。現在也是如此。

就算想把氣氛搞得很熱絡，我也不曉得該怎麼和她說話。

我心裡明明就有很多疑問。

我在她身邊會給她添麻煩嗎？一對一的狀況下，我是很難搞的人嗎？

我很想問問看，卻無法踏出這一步。如果她說「對啊」，那我該怎麼辦？

不對，她對我這麼說過一次，所以我才覺得自己必須有所改變。

現在才會在這裡等待島村以外的人。

日野和永藤也騎著腳踏車前來。看來永藤依然不會騎腳踏車。

要是我也展現這種弱點，島村會特地照顧我嗎？

……應該很難。我偷看她的側臉。她可能多少會照顧我，但大概不會變得像日野跟永藤那樣吧。我們之間還欠缺了某些事物，讓我們不足以發展成她們那樣的關係。我感覺欠缺的與其說是愛，不如說是類似熱情之類的東西。

我沒辦法形容得更具體。這彷彿望著沉在海底的物體，無法看清它的樣貌。

「讓妳們久等了，會遲到主要是永藤害的。」

「咦？是嗎？」

是啊——日野轉過頭強調，「嗯，可能吧。」永藤也表示肯定。

怎麼說，感覺她們這種互動挺有趣的。看得出永藤全面信賴著日野。

「話說回來，妳今天是穿便服呢。」

隨後，日野就用這句話當作問候。她說「今天」，今天是假日，當然會是便服。

「我之前也是穿便服啊。」

「是嗎？我總～記得妳之前好像是穿制服……算了，就不追究了。」

追究這個不好對吧——日野獨自點頭。永藤也跟著她一起點點頭。

永藤大概根本不懂是怎麼回事。

「那我們走吧。」

晚到的日野走在前頭，帶領我們前往卡拉ＯＫ店。雖然提議的人是我，但要去哪間店是交給日野決定。日野很了解鎮上的地理。而在她帶領下的我一樣生於這個鎮上，卻像個被帶路的外地人一樣不安。

日野跟永藤牽著腳踏車走在前面，島村跟在她們後頭，走在最後面的則是我。

就算沒有刻意去做，我也總會前去一個團體的邊緣地帶。

若說人際關係是拼圖，我這片拼圖大概是呈現沒辦法嵌進任何地方的形狀吧。而被趕到邊緣的那片拼圖最後會有什麼下場，隨便想也知道。

我能夠和誰拼在一起嗎？

前往卡拉ＯＫ的路上，我從斜後方對著那道背影呼喚：「島村。」

回過頭的島村帶著詢問「怎麼了？」的眼神看著我，於是我語調快速地提議：

「我在想……不介意的話，可以再一起唱歌嗎？」

這次約得很突然，我沒有足夠的時間可以背歌詞。但應該至少會有一首是我們都知道，而且也記得怎麼唱的歌。島村立刻點點頭。

「好啊。」

她這麼回應以後就轉回前方，確認過前面的狀況後，又轉過頭來。

「不過，我們有什麼可以一起唱的歌嗎？」

「到了以後……再找找看吧。」

用「找」這個詞恰當嗎？要去哪裡找，才能找到那種東西呢？

卡拉ＯＫ的導覽上又不可能顯示某首歌我們兩個都會唱。

面對我奇怪的發言，島村也先以笑容回應，才回頭面向前方。

看她這樣，我就放心了。

像這樣和她單獨聊天，讓我感受到一種安穩。

同時也懷抱起不安。

島村是真的聽進了我的話，才對我笑的嗎？

我們來到車站後頭的卡拉ＯＫ，進入他們準備好的包廂。這裡的構造和之前去的那間很像，燈光也很強。感覺一直待在這裡，眼睛會很累。

我這次很順利地成功坐到島村旁邊。而且因為島村坐在沙發最旁邊的位子，所以她旁邊只有我。我放下包包，為這件事實感受到小小喜悅。

仔細一看，就發現日野她們是在我們坐好以後才坐下，或許是在顧慮我們……她們兩個確實是所謂的「好人」。我承認她們是好人，也很感謝她們這種性格。

握起麥克風的日野沒有點歌，直接唱了起來。

「好，那就馬上由我獻唱一首吧。二年級～」

「別這樣。」

永藤立刻吐槽她。「嗯。」日野很乾脆地收手了。

「感覺有種既視感呢。」

我同意島村小聲吐出的意見。

「那要唱什麼好呢？我也沒那麼多梗可以玩啊。」

梗？

「那不如就由我來打頭陣吧。」

永藤站起來拿走日野手上的麥克風。「啊，喂。」日野伸長身子，想把麥克風搶回來的時候，永藤已經點好歌，開始唱起來了。永藤點的是做可樂餅的歌。

永藤動來動去地高唱著。途中，日野也跟著唱了起來。

島村跟我只是默默看著她們兩個唱歌的模樣。

唱完以後，永藤就這麼握著麥克風說：

「呃～剛才這首是『永藤肉店』的主題曲。」

「少騙人了，妳家的晚餐反倒放了一堆高麗菜啊。」

「味噌高麗菜很好吃不是嗎？」

還給我——日野從永藤手上接過麥克風。接著，她輪流看向我跟島村。

「那，接下來妳們兩個誰要唱？」

「咦？有決定好順序的嗎？」

「這種東西自然而然地就會定下來了。」

聽她這麼說，我跟島村面面相覷。我們都還沒決定好要唱什麼。島村暫時放下打開的點歌本，拿起日野遞出的麥克風。

「也是，那該唱什麼好呢？」

島村不知道為什麼對著麥克風這麼說。她是在問我，還是自問自答？

島村煩惱的同時，我則是在想著完全不相干的事情。

日野跟永藤總是在一起，卻也和周遭人有良好交流。

她們現在像這樣跟我這種人待在同個地方，就是很好的證據。

她們跟我是哪裡不一樣呢？她們兩個知道答案嗎？

「所謂變得要好，到底是什麼意思呢？」

我不懂那是什麼意思。不論想了多久，我還是不懂，所以只能開口問人。

島村她們相互看著彼此。是我這個提問沒有先做開場白，太突然了嗎？

正當我有點尷尬時，永藤突然動了起來。

「島村兒～」

張開雙手的永藤往島村跑去。島村因為事出突然而嚇了一跳時，永藤就用力撲向了島村身上。島村被撞得往後仰，永藤也喊著「咚～」，搖搖晃晃的。

在坐在中間的我面前左搖右晃的永藤，就這麼比出YA的手勢。

「就像這樣！」

「是……是嗎？」

絕對沒錯——永藤很有自信地點頭。我看到視野一角的日野露出傻眼表情。

「不過，好像還是叫島島兒比較好？」

永藤獨自疑惑起來。我交互看向她疑惑的模樣跟島村以後，就把視線撇向一旁。

嗯，就算是我，也知道哪裡不同了。

「乾脆直接叫村兒吧。」

啊，不過我很在意用那種獨特暱稱叫島村的做法。還有，我覺得叫「村兒」不對勁。那完全不是島村了。雖然沒有明確的根據，但我覺得島村的暱稱不能欠缺「島」這個字。

總感覺少了這部分，就像把重點模糊掉一樣。

我心中存在著這種堅持。

「啊～簡單來說，永藤妳想講的就是……我完全搞不懂。妳想講什麼？」

放棄翻譯的日野直接詢問。永藤把小指抵在臉頰上，疑惑地說：

「妳不懂嗎？」

「懂了就恐怖了。」

日野發出苦笑。島村也跟著露出笑容，最後做出反應的我則是顫著肩膀。

一道沒什麼氣勢的笑聲卡在了我的下巴。

「算了，不懂妳在說什麼是家常便飯了。是說還沒決定好的話，就讓我來唱吧。」

拿起麥克風的日野又開始跟永藤一起唱歌。

整個房間內只有她們那一塊的氣氛特別熱絡，我——

感覺自己絆到了腳，逐漸往下跌落。

「…………………………」

背部有種刺癢感。

我把手放在膝蓋上，背脊就自然彎了下來。

我感覺自己每吸進這個房間的空氣一次，就開始漸漸沉澱。內在開始變得乾涸。

好像腦袋的空隙全被堵住，喪失了原有的功能。

我感覺到除了傳進腦海深處的聲音以外，還有陣靠近耳邊以後又退去的喧囂。那引起肌膚注意力的，究竟是誰的聲音？我集中精神，試圖聽清楚那道聲音，但光是這樣，就覺得自己快瘋了。

狀況比起去年，好像反而更加惡化了。

好像變得更沒用了。

我是為了什麼，才會待在這裡？

不曉得是不是我的糾結稍微表現在臉上了，島村把我的頭抱進懷裡，摸了摸我的頭。

雖然在兩人的歌聲當中突然被抱住，我卻沒有太訝異。

我甚至覺得自己的反應不是發生在自己身上的事情。

島村手梳我的頭髮，安撫著我。

簡直像在稱讚我「妳很努力呢」。

要是不怕被說出來會被誤會，老實說這五小時過得很不自在。

肩膀變得僵硬，鼻子變得乾燥，背後發燙。

若有一天習慣了這種感覺，我能體會到解放感嗎？

「晚餐怎麼辦？要去哪裡吃嗎？」

走到卡拉ＯＫ店外頭後，日野開口這麼說。

由於大半時間都是日野跟永藤在唱歌，所以她的聲音中夾雜著些許疲勞。

來自車站的人群談天說笑地從我們身旁走過。他們開心得甚至有一個人捧腹大笑。人是一種在人群中展露笑容的生物。

這幅光景彷彿是在對我展示這個道理。

「咦？妳不在我家吃晚飯嗎？我有跟家裡說好了。」

早早就跨上腳踏車後座的永藤對日野這麼說。

「喔，是喔。那我們今天就在這裡解散吧。」

日野接受了永藤的提議。雖然永藤應該不是刻意的，不過算是被她救了一回。

「那再見啦。下次見面應該是在學校……不對，在那之前，我們應該至少還會再見一次面吧？」

「我們明天也會見面啊。」

「只有妳跟我才會明天也見到面啦。」

我默默看著日野她們離開。

目送她們離去的我，心情就好像解決了某種課題，或是暑假作業一樣。

我想想這樣的自己——對，所以，也就是說——我為心中的不耐所苦。

「妳玩得不開心對吧？」

我抬頭看往前方。還留在這裡的島村帶著微微苦笑凝視我。

她突然說中了我的真心話，讓我無法接著回應。以前我還有辦法回答「還好」之類的話，現在卻連講些話打圓場都很難。

我的內心果然真的產生了變化。

這究竟是惡化，還是——

「我也知道妳的個性就是這樣啦。」

島村這段話大概不是對我的輕率理解，而是事實。

關於我到底適合獨處到什麼地步——

不管是島村，還是我自己，都知道這一點。

「不過，我——」

手機鈴聲打斷了這段話。響起鈴聲的當然不是我的手機，是島村的。

我的中指受到鈴聲的刺激，隨著那道聲音跳了一下。

島村從包包裡拿出手機後看著液晶螢幕，瞇細雙眼。

好悶。

胸口好悶，快窒息了。

我好想搶走那支手機，確認是誰打來的。

衝動比生存本能帶來了更強烈的胸口悸動。

但不知是否和我這種態度有關，島村收起手機，沒有接起來。

「等一下再打回去就好了。」

我不清楚她這麼做是顧慮到我，還是單純想晚點再處理。

「我們說到哪裡了？嗯……對，我希望安達妳——」

「沒問題。」

我害怕聽到這段話的後續，脫口說出心裡根本不這麼想的逞強話語。

在島村動起僵住的眼睛和嘴之前，我重複了同樣的一句話。

「沒問題，我沒問題的。」

所以希望妳不要放棄我——我拚了命地想要留住她。

我這種有如小孩子講哭喪話般的藉口，讓島村表露了困惑之情。

但是島村不會繼續追究。她個性就是這樣。

「那就好。」

「……嗯。」

我微微點頭幾次。我究竟利用吞口水，吞進了幾次空洞的「沒問題」呢？

島村不曉得是不是想跟我說話，張開了嘴，但又像是放棄繼續講下去似的舉起了手。

接著，對我緩緩揮手。

「再見嘍。」

「……嗯。」

我晚了一拍，才揮手回應她。這樣就好了——這份理解如殘影般搖盪，然後消失。

如果是平常的我，應該會跟在島村旁邊，一起走回她家，但現在重點是要慢慢修正這種偏頗的行為，所以，就算我多麼無法接受，我也得遵守。在這種類似強迫觀念的東西催使下，我只是很單純地和她道別。

逐漸遠去的島村途中回頭了一次。或許島村也覺得我有些不對勁。我們四目相交，她又對我揮了一次手。我也輕輕對她揮了揮手。

隨後轉回前方的島村和她的腳踏車，就再也沒有回過頭來。

我走過紅綠燈跟人行道，踏上歸途。島村的背影已經變得很小了。

我沒有想要她別走。也沒有冒出想去追她的意思。

好難受。我感覺眼睛深處有股莫大的疲勞，沉重地嘆了口氣。

變成獨自一人後，我呆站原地好一陣子。

手放在腳踏車的握把上，成為這片人海的背景。我和那些笑聲、強而有力的腳步聲毫不相干，只是孤獨一人。我尋找自己待在這裡的理由。我伸長脖子，試圖找出自己能夠接受的理由。

為了讓自己能認為自己度過的這段時間是正確的。

蟬鳴聲摻雜在車站那頭的電車聲響裡，飄盪空中。

這條只有人和大樓的路上，到底哪裡有蟬呢？

經過了很長一段時間。

沒有任何收穫的我準備回家，牽起腳踏車。我腳步不穩地踩上踏板，差點跟著車子一起跌倒在地。我在有如直接跳上早已開始旋轉的車輪般的錯覺下，騎起腳踏車。

腳踏車發出金屬吱吱作響的聲音。腳踏車車輪好像卡到了什麼東西。

我沒有辦法修好它，所以就這麼繼續前進。伸直的背脊，漸漸往前彎下。

遠方傳來很像是煙火炸開的聲音。現在天色還很亮，沒辦法看到煙火的光，不過想必今晚也有哪裡要舉辦祭典吧。暑假期間，一個星期就會有一天響起煙火的聲音，震響夜空。再加上又是我們都市的觀光旺季，會變得相當熱鬧。

煙火的聲音，喚醒了不好的回憶。

那天和我以外的人走在一起，一步步遠去的島村。

跟我至今依然不知道叫作什麼名字的女生一起逛夏日祭典。

我像這樣獨自走在回家路上時，島村是不是正在聯絡剛才打電話給她的人呢？

握著握把的手加強了力道。拇指跟食指之間傳來持續許久的緊繃疼痛，要我自制。這股疼痛告訴我「不可以這樣」、「事情不是那樣」，試圖矯正我的想法。

漸漸下沉的太陽所帶來的水平晚霞攔著雲朵，流逝而去。

我嚴重忽略前方路況地仰望著天空，不小心就差點流下了眼淚。

想和大家打好關係的我，為什麼現在會是獨自一人呢？

當我回過神，就發現踩著踏板的腳停了下來。我的腳踩在地面，爆發出來的高溫弄濕了背部。

我感覺到腦海逐漸變得開闊。

尤其後頸部被一種有如受水蒸氣環繞般的獨特熱氣包覆著。

那很像冬天穿著厚重衣服底下的刺癢感，讓我感到焦躁。

眼前一陣天旋地轉。

路上景色擺蕩得令人反胃。

令人——心神不寧。

「不對。」

我用力蹬了地面。腦袋回應了旋轉的車輪，成功開始運轉。

無止盡加速下去的腦袋立刻燒焦，發出焦臭味。

這股味道在腦內擴散到極限時，我大喊出聲。

「那些……果然還是一點關係都沒有！」

那盡是些和我無關的事情。

改變堅持獨處的作風，過著和大家好好相處的生活就好。

我也覺得那樣還不壞。

可是，有哪裡不太對。某種聲音告訴我這樣不對。

我終於聽清楚了這陣子一直聽見的喧囂聲。

才不是那樣——構成整個身體的所有細胞都發出了哀號。

我害怕感覺會讓從指尖到頭頂的一切都滅絕的變化，放聲大喊。

「才不是那樣！才不是……那樣啊啊啊啊！」

大庭廣眾之下、人在路上這些限制，不足以阻止我的衝動。

積存在心裡的事物爆發了出來。就像個人型煙火一樣。

一點也不是什麼「沒問題」。

「今天也是！」

今天也是，我其實是想和島村兩個人一起出來玩。

我很清楚那麼做才真的能得到幸福。所以我真正該做的是不顧形象地往能夠實現幸福的方向掙扎，絕不是挖洞把自己埋沒在團體之中。連蟬都會挖開地面出來了，我為什麼要把自己埋進洞裡？

把土重新挖開這種事情，等死的時候再做就夠了。

就算有一百個其他人也無法代替島村。即使堆疊在一起，也到達不了島村所在的高度。又不是海苔，別無理取鬧了。我終於知道，自己不需要島村所認為的「正確觀念」了。

島村和我是不同的生物。

就是這樣才好。就是這樣才會受她吸引。

腳踩踏板的力量變得強而有力，甚至骨頭都要浮出皮膚表面了。加速轉動的車輪時而彈離地面，在柏油路上前行。不知何時，我的身體已經離開座椅，正以這幾年未曾有過的全力奔走騎過路上。尋求著不可能出現在這條路上的那道身影。

求妳只看著我。

因為我眼裡只有島村。

因為……

因為、因為、因為——

「我最喜歡妳了！我……最喜歡島村了啊啊啊啊啊啊啊啊啊啊啊！」

這可能是我第一次把這份心意說出口。

把感情釋放出來以後，心情就變得很清新。我撫摸自己的臉頰。

喜悅與焦躁交雜的意識，滿足了既混濁，卻也淡薄的我。

滲進夕陽當中的眼淚滿溢出來，沾濕了臉頰，讓臉上傳來一陣涼意。明明表情跟腦海裡都亂七八糟的，一種現實感卻不斷傳進心裡，讓這種現實感的輪廓變得粗大。

在加速的時間當中，我沒有餘裕注意周遭和擦身而過的人們。

我得以奔走於只屬於自己的世界裡。

這裡有著與平時完全不同的景色。

來的時候沒看進眼裡的事物，都從容地出現在開闊的視野內。

黃昏下的街區，響徹周遭的遙遠煙火聲響與蟬鳴。

不顧這般喧囂衝刺而行的模樣，彷彿落後了其他人一圈。

我拚了命地衝刺。拚命地，試圖追上夏天的洪流。

我超越光芒與蟬，持續向前邁進。

這個暑假，我找到了自己真正想做的事情。

感覺答案已經從想做的事情清單上那無數的文字當中，浮上了檯面。

暑假後半待續。

附錄「社妹來訪者9」

「慢著～」

「喲～」

我從後面撲上去抓住像貓一樣在走廊上到處逃竄的小社。

雖然在逃的不是貓，是獅子……她喜歡這件衣服嗎？

「小社，妳就乖乖就範吧～」

「妳太天真了，小同學。」

咻——小社從獅子的嘴巴衝了出來。咦？她怎麼出來的？

她整個身體一扭，就很理所當然似的跑出來了，留在我懷裡的只剩下獅子的外皮。

「噫噫！」

妳的肩膀是怎麼出來的啊，小社？

而且跑到外面的小社全身赤裸。

「小社，妳衣服底下什麼都沒穿嘛！」

「天氣這麼熱，穿那麼多要做什麼？」

小社疑惑地問。她看起來一點也不覺得不好意思。

「那，先在這裡說聲再見了。」

「喂喂喂！」我再次抓住想裸著身體逃走的小社。

我這次是捏著她的脖子，真的好像貓咪一樣。

「既然如此，那這次就脫掉這層皮——」

「呀——」

連這層皮也脫掉就真的問題大了。

我只是想帶她去洗澡而已，就反抗成這樣，她真的那麼討厭洗澡嗎？

「小社討厭熱水嗎？」

「不，並不是討厭的問題，只是感覺會融化。」

小社拉長自己的臉頰。看起來好像軟綿綿的。真的軟綿綿的。

「妳講得真誇張耶～」

「妳們在做什麼啊？」

姊姊從廚房走了出來。她看了沒穿衣服的小社一眼，皺起眉頭。

「小社跑出來了！」

我舉起她留下來的獅子皮。軟趴趴的。

「島村小姐好像也覺得很熱呢。」

「當然會熱啊。」

「要脫嗎？」

「不脫。妳趕快決定到底要穿衣服，還是去洗澡吧。」

說起來，她為什麼要在我家洗澡？姊姊獨自帶著疑問離去。

「所以，來去洗澡吧。」

我拉起小社的手。「真拿妳沒辦法。」小社也放棄抵抗，跟著我走。

「小社，妳坐下來吧。我幫妳洗頭。」

走進浴室以後，我就像個姊姊一樣對小社招手。小社說著「其實不用洗也沒關係」，坐到我要她坐下的地方。我蹲在小社背後，幫她的頭髮沖水。

平時綁成蝴蝶形狀的頭髮解開來以後，長度甚至都過腰了。

「啊噗噗噗。」

「哇……」

不管看幾次，都還是很驚訝。流過小社頭髮的熱水，都被染成了水藍色。

而我每次用手指梳她的頭髮，那些水藍色的粒子也會飄到空中。跟水蒸氣融合在一起的粒子，讓整個浴室漸漸被染成水藍色。我就這麼握著蓮蓬頭看到出神了好一陣子。

「好漂亮……」

「啊噗噗噗噗。」

「妳為什麼不把嘴巴閉起來？」

我把洗髮精倒到她濕濕的頭髮上，幫她抓一抓。小社的頭髮散發著光芒，的確就和她說的一樣沒有半點髒汙。肩膀、脖子也沒有任何被曬黑的跡象，比浴室的瓷磚還白。可是我還是要洗。

小社不知道是不是覺得無聊，頭開始左搖右晃。她總是這樣。

「嗳，頭不要亂動啦。」

我用手從左右兩邊壓住她的頭。

「小同學真是任性耶～」

「妳說什麼～」

我大力抓她的頭髮，抓出泡沫來。那些泡沫也變成跟頭髮一樣的顏色。

我看看自己摸著她頭髮的手是不是也變色了，發現還是原本的顏色。

「小社的頭髮真的很神奇呢。」

而且沒有任何人的頭髮可以像她這麼漂亮。

「這只是直接重現作為我原型的那位地球人的髮色喔。」

「呃……嗯？」

「沒想到這世上也有那種奇怪的地球人呢。」

「不過我覺得再怪也不會比小社怪喔。」

至少我是沒遇過比小社更奇怪的人，也有種以後也不會遇到的預感。我大概沒辦法遇到比她更奇怪的人吧。

洗好身體以後，我們就一起泡澡。浴缸很窄，所以跟姊姊還有姊姊的朋友一起泡澡的時候有點擠，但如果是跟小社一起泡澡，那就算面對面，腳也還有些活動空間。

滴答、滴答——從頭髮上滴下來的水珠在水面上彈起，發出聲響。

我看向小社。小社和小社的長髮沒有多加修飾，就已經很耀眼了。

耀眼得感覺在燈光的照射下，她會就這麼消失在光芒裡面。

「小社妳是來找……叫什麼？同胞？的對吧？」

「是啊。」

「找到了以後，妳會離開這裡嗎？」

她虛幻得好像明天就會從我眼前消失不見。

不論和她變得多要好，待在她身邊多久，她帶有的透明感依然不會融入周遭環境。

她顯得格格不入，輕飄飄的。感覺隨時都會消散。

「找到她以後，我就必須馬上回宇宙。」

小社用既平穩又確實的語氣，肯定我的疑問。

「……這樣啊。」

我不知道她說的宇宙到底是真的還假的。可是我感覺只要她一離開，我們就再也見不到面了。

「不過這應該也會耗上三千年時間吧。」

「……咦？」

小社鄭重地點點頭。

三千年？三千年。呃，我奶奶現在是七十歲左右。

……………………………………………………嗯。

「是……是喔。那……就好。」

我不覺得小社說的話全是對的。

但聽到這段能讓人感到放心的數字，我也稍微鬆了口氣。

小社直直盯著我。「怎麼了？」我一這麼問——

「啾——」

小社就吸住了我的鼻尖。

眼前一整片都變成小社的顏色。

被她這麼一鬧，我放在浴缸底部的手變得僵直，手指開始顫抖。

在她用舌頭舔我的鼻子時，我的情緒和身體等各方面也開始動了起來。

「妳……妳……妳做什麼～！」

啪唰啪唰——熱水四處噴濺，表現出我現在的心情。

小社把臉移開，笑容滿面地說：

「我聽說這是感情好的證明。」

「呃咦？是……是嗎？」

我從來沒聽說過。都市人就會那樣嗎？這跟是不是都市人有關係嗎？感覺沒有。

眼前天旋地轉的。好像泡在熱水裡的我，同時也泡在另一種很熱的液體裡面一樣。

「小同學跟我感情沒有很好嗎？」

小社這樣解釋我的慌張反應，歪過頭這麼問。

偏過一邊的雙眼光輝移動的模樣，有如地球儀轉動。

小社的眼睛裡面，暗藏著星星。

「我……我們感情很好啊。」

我和她的關係跟學校的朋友又有些不一樣。

無法用言語形容，這種關係的形體也很模糊，但這其中有種把我緊緊扣住的東西。

即使現在彼此都全身赤裸，我和小社之間也確實有那樣的東西存在。

「可是，為什麼是鼻子……？」

「哎呀，難道不是嗎？」

「一般不是鼻子……是……是臉頰……喔。」

「原來是這樣啊。那麼就再來一次，啾——」

「唔……啾……」

我抱著彎起的腿，面對小社的嘴唇吸住我的臉頰。

因為濕潤而帶有光澤的水藍色，獨占了我全部的視野。

後記

由編輯取名的標題：

《說謊的男孩與壞掉的女孩》

《電波女＆青春男》

《安達與島村》

《多摩湖＆黃雞》

《探偵・花咲太郎は閃かない》

《六百六十円的實情》

《たったひとつの、ねがい》

《無限迴圈遊戲》

《砂漠のボーイズライフ》

《美少女とは、斬る事と見つけたり》

《サムライ・デッドエンド》

我自己想的標題：

《僕の小規模な奇跡》

《笨蛋全裸向前衝》

《ぼっちーズ》

《蜥蜴王》

《昨日也曾愛著他》

《明日仍將戀上他》

《時間のおとしもの》

《尋覓眼中的妳》

《虹色異星人》

《輕飄飄少女從天而降》

《おともだちロボチョコ》

《エウロパの底から》

《神的垃圾桶》

《6天6人6把槍》

像這樣回顧看看，編輯跟我想的標題差不多各占一半吧。

若這當中能有一個讓各位讀者們中意的標題，我會很高興的。

入間人間

Kadokawa Light Novels

©KEIICHI SIGSAWA 2015

刀劍神域外傳GGO特攻強襲 1~2 待續

Kadokawa Fantastic Novels

作者：時雨沢惠一　插畫：黑星紅白

創造《奇諾の旅》的搭檔所呈現的
另一個「SAO」故事，第二彈登場!!

「GGO」的所有玩家忽然接到舉行第二屆Squad Jam的通知。第一屆大會優勝者蓮也接到了通知——但卻沒有什麼參加的意願。此時，香蓮從一名偷偷逼近香蓮的男跟蹤狂嘴裡聽到這樣的話：

「舉行第二屆Squad Jam的當天晚上會有人死亡。」……

台灣角川

各 NT$250~280/HK$75~85

Kadokawa Light Novels

夢沉抹大拉 1~7 待續

Kadokawa Fantastic Novels

作者：支倉凍砂　插畫：鍋島テツヒロ

隨著對儀式祭壇所進行的調查，
庫斯勒等人逐步接近傳說的真相——

鍊金術師們的下一個目的地是據說在太陽的召喚下一夕全毀的阿巴斯城。庫斯勒著手調查起天使留下的「太陽碎片」。這時一位自稱是費爾的書商出現在他面前。他談起城中流傳許久的「以白色惡魔當活供品的儀式」也許正是庫斯勒要找的線索……

各 **NT$200~250/HK$60~75**

台灣角川

赤松中學
插畫／閨月戈
魔劍的愛莉絲貝兒
5
必殺時刻
Kadokawa Fantastic Novels

Kadokawa Light Novels

©HIDEAKI MASHIROYA 2014

音韻織成的召喚魔法 1~3（完）

Kadokawa Fantastic Novels

作者：真代屋秀晃　插畫：x6suke

傳奇饒舌歌手加上最強撒旦麥克風霸氣登場！
以空前絕後的歌詞為你送上最後的Live！

嘻哈研究社眾社員校慶的表演節目賣力做準備，愛闖禍的小惡魔瑪米拉達習慣了人間的生活，而真一也逐漸敞開心胸接受了饒舌文化。這時，一名饒舌歌手跟一支麥克風又引發新的事件。風波不斷的這段期間，瑪米拉達卻只留一封信就返回魔界，消失無蹤……

台灣角川

各 **NT$220~240/HK$68~75**

國家圖書館出版品預行編目資料

安達與島村 / 入間人間作 ; 蒼貓譯. -- 初版. -- 臺北市 : 臺灣角川, 2016.09-
冊 ; 公分
譯自 : 安達としまむら
ISBN 978-986-473-284-5(第5冊 : 平裝)

861.57 105014285

Kadokawa
Fantastic
Novels

安達與島村 5

(原著名：安達としまむら 5)

2016年9月22日 初版第1刷發行
2023年10月2日 初版第7刷發行

作　者：入間人間
插　畫：のん
日版設計：鎌部善彥
譯　者：蒼貓

發行人：岩崎剛人
總編輯：蔡佩芬
編　輯：黎夢萍
美術設計：李思穎
印　務：李明修（主任）、張加恩（主任）、張凱棋

發行所：台灣角川股份有限公司
地　址：104台北市中山區松江路223號3樓
電　話：(02) 2515-3000
傳　真：(02) 2515-0033
網　址：www.kadokawa.com.tw
劃撥帳戶：台灣角川股份有限公司
劃撥帳號：19487412
法律顧問：有澤法律事務所
製　版：巨茂科技印刷有限公司
ＩＳＢＮ：978-986-473-284-5